CLASSIC
當代大師
文學經典

玫瑰的名字

註解本

UMBERTO ECO

安伯托·艾可

倪安宇 譯

CONTENTS

玫瑰的名字／註解

安伯托·艾可

初版於一九八三年六月
刊登於《文人》月刊[1]
第 四 十 九 期

草地上的紅玫瑰
驕傲地炫耀著
嬌豔欲滴的猩紅與胭紅：
宜人草原郁郁青青；
可惜你雖美麗
卻也不幸

——璜娜茵內斯修女[2]

書名與涵義

自從我寫了《玫瑰的名字》之後，收到許多讀者來信問我書末最後的拉丁六音步詩有何涵義，以及為什麼書名出自此詩。我的回答是，那首詩出自十二世紀本篤會修士伯納德・莫爾萊[3]的《鄙世論》[4]，以「今安在」為主題（日後法國詩人維庸也有「去年白雪，如今安在」[5]詩句），但他在傳統主題（時代偉人、巍巍名城、絕世公主等等一切終將灰飛煙滅）之外還增加了一個理念，那就是一切都會消失，留下的只有名字。我記得亞伯拉德[6]常舉「玫瑰為無物」[7]一句為例，以證明語言文字既可以談消失之物，也可談從未存在之物。其他的，我就留給讀者自己去羅織吧。

對於好事之徒、吹毛求疵之人、眼紅的和愛刮別人鬍子的人，我必須承認後來有人告訴我另一個版本，「羅馬古城徒留名」，這句其實跟前面幾句擺在一起更有一致性：

Estubiglorianunc Babylonia, nuncubidirus
Nabuchodonosor et Darii vigor illeque Cyrus?...
NuncubiRegulusautubi Romulus autubi Remus?
Stat Roma pristina nomine, nominanudatenemus.

巴比倫榮耀今安在？今安在啊？
好鬥的尼布甲尼撒[8]、抖擻的大流士[9]和英勇的塞魯士[10]？
軒轅[11]、雷慕路斯和雷慕斯[12]今安在？
羅馬古城徒留名，吾等僅能擁虛名。

不過我有一個朋友是拉丁文專家，他提醒我說羅馬發O的音會拉比較長，如此一來這首六音步詩一開始的長短短格[13]便不成立（如果換成玫瑰的話一切就都沒問題了，因為玫瑰的O是短音）。也就是說，伯納德是個糊塗蟲，而我有責任必須改正。

敘事作家不該對自己作品加以詮釋，否則他寫的就不是小說。小說是專事衍生詮釋的機器。偏偏想要達成此一崇高目標的主要障礙之一是，一本小說必須要有書名。

很不幸的，書名本身即是詮釋之鑰。《紅與黑》或《戰爭與和平》的暗示讓人無從逃避。對讀者表達最高敬意的書名，不外乎那些化簡為可傳世人名的《大衛・科波菲爾》[14]或《魯賓遜・克魯茲》[15]。但即便是這些傳世人名也可能隱含作者的不當介入。《高老頭》讓讀者將注意力放在那位老父親身上，可是哈斯提涅[16]和沃德林[17]也因這部小說得以名留青史。或許應該像大仲馬那樣開誠布公的不老實，大家都知道《三劍客》寫的其實是四個人的故事[18]。不過這些都是難得一見的壯舉，作者恐怕是一時疏忽才會讓自己如此冒進。

我這本小說在書寫過程中原有另一書名，叫做《修道院兇案》，後來之所以放棄是因為這個書名會讓讀者只專注在偵探推理情節上，很可能誤導某些一心想看緊張刺激劇情的倒楣買書人，買下一本會讓他們失望的書。我的夢想是以《梅爾克的阿德索》為書名，很中性，更何況阿德索確是貫穿全書的敘事者。可是義大利的編輯不喜歡用人名，就連《菲爾摩和盧齊婭》[19]也被轉換為另一種形式出現。義大利以人名當書名的例子並不多見，有《雷蒙尼歐・波雷歐》[20]、《盧貝》[21]、《梅特洛》[22]……與文學界中其他成群結隊、處處可見的《貝蒂表妹》[23]、《巴里・林登》[24]、《阿爾芒絲》[25]和《湯姆・瓊斯》[26]相比，確是寥寥可數。

想到《玫瑰的名字》可說純屬偶然，我喜歡，因為玫瑰這個象徵物的涵義太過豐富以至於形同闕如：神秘玫瑰[27]、玫瑰一如其他玫瑰生命短暫[28]、玫瑰戰爭[29]，一朵玫瑰是一朵玫瑰是一朵玫瑰是一朵玫瑰[30]，玫瑰十字[31]、謝謝美好玫瑰[32]、芬芳無比的清新玫瑰[33]。於是讀者正確無誤地被帶離軌道，無法選擇單一詮釋，就算他從最後那首詩找到解讀，故事也已經走入尾聲，而他早就作了不知道其他哪些選擇了。書名應該讓思緒混沌，不該讓思緒嵌入框架。

最讓小說作者感到欣慰的，無非是找到自己沒有想過、經讀者提醒後才發現的解讀。我寫理論論述的時候，對評論者的態度是批判的：我要說的東西，他們到底看懂沒有？但小說完全是另外一回事。作者不是不能發現在他看來偏離正軌的解讀，但是無論如何他都應該保持緘默，讓其他人拿著文本來向他挑戰吧。再說，絕大部分的解讀都會發現原先沒想到的涵義。但是「我原先沒想到」，此話怎講？

一位法國學者卡貝[34]發現了意指素人的semplici和意為藥草的semplici之間微而

不察的雙關語關係，然後又發現我提到異端邪教中的「毒草」（mala pianta）。我只能回答說在那個年代的文學中semplici的確兩者通用，毒草也是如此。話說回來，我當然知道格雷馬斯[35]曾以草藥師被定義為「藥草（素人）之友」的例子說明雙重同位性。我是不是刻意玩弄雙關語？現在說什麼都不重要了，文本在那裡，會自行製造它的涵義效應。

我看《玫瑰的名字》書評，看到有評論（最早的兩個人是吉內芙拉．邦皮亞尼[36]和拉斯．古斯塔弗森[37]）引用威廉在宗教審判庭進入尾聲的那段話，讓我高興到打了一個哆嗦。阿德索問：「無瑕最讓你害怕的是什麼？」威廉回答道：「輕率。」我當時很愛那兩句對話，現在也是如此。但有一個讀者提醒我說下一頁紀伯納[38]威脅要刑求管理員的時候說：「伸張正義切忌輕率，那是偽宗徒的誤解，天主要執行正義有數百年時間，可以慢慢來。」讀者理所當然會問我威廉所害怕的匆促和紀伯納頌讚的不匆促之間有什麼關係。那時我才意識到糗事發生了。原始手稿中並沒有阿德索和威廉那兩句對話，我是在校稿時加上去的，純粹為了文體風格，在把發言權交還給紀伯納之前我需要加入幾句抑揚頓挫的句子。可想而知，我讓威廉憎恨匆促的時候（洋洋得意，所以後來我才會那麼喜歡這一句），完全忘記紀伯納稍後也會談及匆促。撇開威廉那句話，重看紀伯納的說詞，其實不過是隨口出言恫嚇，是那種我們預期會聽到法官說的話，跟「法律之前人人平等」並無二致。哎，威廉所說的匆促和紀伯納所說的匆促相互對應後，自然而然產生了一種涵義效應，讀者懷疑他們兩個說的是否為同一件事，認為威廉表達對匆促的憎恨其實和紀伯納表達對匆促的憎恨並無不同，也是合情合理的。文本在那裡，會自行製造效果。不管我是否存心，如今面對這個問題，這曖昧不明的挑釁，要我扮演反對聲音我自己也覺得很尷尬，但我明白那裡蘊含著一種涵義（或許是諸多涵義）。

作者書寫完成後真應該去死，以免阻礙文本行進。

描述過程

作者不該詮釋，但是可以描述他為何及如何寫作。所謂詩學分析的文章並不一定有助於了解這些文章所分析的原著，但有助於了解作品生產過程中的技術問題如何得到解決。

愛倫坡在〈寫作哲學〉（The Philosophy of Composition, 1846）一文中描述他如何寫出敘事詩〈烏鴉〉。他說的不是我們該如何讀詩，而是他為了得到某種詩意效果遭逢了哪些困難。我認為詩意效果是文本展現出來的一種能力，可以持續衍生出不同的解讀，永遠不會消耗殆盡。

寫作的人（或畫畫的人、雕刻的人、譜曲的人）始終知道自己在做什麼，需要花費多少心力。他知道自己必須解決一個問題。很可能剛開始一切渾沌不明，不是跟心理發展有關，就是走火入魔，至多不過是一個念頭或片段記憶。但之後這個問題會在書桌上藉由審視工作素材本身彰顯的自然法則以及內含的文化記憶（呼應互文性）而獲得解決。

如果有作者說他寫作全憑靈光乍現，絕對是騙人的。**天才是二十分的靈感加上八十分的努力**。

法國詩人拉馬丁[39]說過他的某一首詩（我不記得哪一首了），是一個狂風驟雨的夜晚在森林裡一揮而就的。他過世之後手稿出土，上面塗塗改改層層修訂，這才發現那恐怕是法國文學史上最「精雕細琢」的一首詩。

當作家（或藝術創作者）說他工作時並未思考過程規則，意思其實是說他創作的時候不知道自己懂得規則。幼兒說母語無礙，但他沒辦法將語法寫出來。語法學家並不是唯一懂得語言規則的人，幼兒也懂，只是他自己不知道。語法學家不過是通曉幼兒為何及如何懂得語言的人。

描述寫作過程並不意味這個作品寫得「好」。愛倫坡說過「作品結果是一回事，知曉過程是另外一回事」。康定斯基或保羅克利告訴我們他如何作畫的時候，並不是在說某一人比另一人更為優秀。米開朗基羅告訴我們雕刻是將雕像從石頭這個物質牢籠中解放出來的時候，也非意指隆達尼尼聖殤像[40]不如梵諦岡的聖殤像。討論藝術創作過程最發人深省的文字往往是由名不見經傳的藝術家揮筆寫就的，他們的作品固然乏善可陳，但是對自己的創作過程卻頗有深思，這些人包括瓦薩里[41]、葛倫諾夫[42]、柯普蘭[43]等等。

想當然耳：中世紀

我寫小說是因為我想寫。我認為這個理由足以讓我開始說故事。說故事乃人類天性。我一九七八年三月開始動筆，最初的想法很粗略：我想毒殺一名僧侶。我相信小說都是由類似動機孕育而生，其餘內容是等寫作時才加入的。毒殺僧侶這個念頭其實早就有了。後來我找到一本筆記本，時間紀錄為一九七五年，我在上面擬好了一份隸屬不知名修道院的僧侶名單。沒了。我剛開始參考了歐菲拉[44]的《普通毒理學》（Traité des poisons），那是我二十年前在塞納河畔一間書店買的，純粹基於對于斯曼[45]的忠誠（《深淵》）[46]。由於找不到讓我滿意的毒藥，我轉而尋求一位生物學家朋友的協助，請他建議我具備某些特性的藥物（例如可以藉由人為操作，讓該藥物經皮膚接觸而吸收）。他回信說他不識我需要的那類毒藥，我立刻將來信銷毀，如果是在另一情境下閱讀那樣的書信往返，很可能會把人送上絞刑台。

我最初的安排是讓僧侶們住在一間當代的修道院裡（我原本設定的主角是閱讀《宣言報》[47]的一名偵探僧侶），不過無論是修會會院或修道院都拋不開許許多多屬於中世紀的回憶，我便開始翻閱手邊冬眠中的中世紀文獻資料（我寫過一本談中世紀美學的書，一九五六年出版[48]；同一個議題，我在一九六九年另外用了一百多頁的篇幅討論[49]；數篇未完成的論文；一九六二年為了寫喬埃斯又回頭談中世紀傳統[50]；一九七二年我花了很長時間研究〈默示錄〉[51]、泥金裝飾畫及北亞托·德·列瓦納[52]對〈默示錄〉做的評註[53]，總而言之，中世紀與我始終關係密切）。我手中有自一九五二年開始累積的豐富素材（卡片、影印、筆記），本是為其他不明用途準備的，為了寫一則怪獸的故事，為了分析中世紀百科全書，或為了討論表列理論（原註1）。

原註1：沒想到我那時已經在思考表列議題，不對，應該說我更早就已經動了這個念頭。在《玫瑰的名字》第一日中我就說表列是「驚人的生動描繪工具」，而且整部小說中我對表列都給予高度肯定。這可以說是我日後寫《無盡的名單》（Vertiginedellalista）的起始點，該書由邦皮亞尼出版社於二〇〇九年出版。

某一天我告訴我自己，既然中世紀每天在我腦袋中縈繞，何不乾脆把小說背景直接設定在中世紀呢。誠如我在某些訪問中所說，我對當代的認識是透過電視，可是我對中世紀的認識卻不假手他人。每次我在鄉間草地上生篝火，我太太總責怪我不懂得看在枝椏間和微光中揚起飛翔的火花，等她看到圖書館失火那一章的時候說：「原來你會看火花啊！」我回答說：「我不會，但我知道中世紀僧侶會怎麼看。」

十年前，我寫了一本評論北亞托·德·列瓦納評論〈默示錄〉的書[54]，在給出版社（法蘭克·瑪莉亞·李奇）[55]編輯的信中我坦言：

不管你怎麼想，我生來注定要在住著獨角獸和禿鷹的符號森林中尋尋覓覓，比較遵循邏輯學概要[56]堅不可摧規範中隱而不顯、但別有深意的狡黠原則所與建的主教堂尖塔和方塔結構有何不同，在麥稈街[57]和熙篤會[58]修道院中殿之間遊蕩，在跟阿奎那[59]一樣堅信理性主義的大塊頭監視下，虛與委蛇地周旋於學養佳、出手闊綽的克呂尼隱修士之間，接受霍諾利烏斯·迪·歐坦[60]的試探，他絕妙的地理學論述在解釋**為何青春期不得性交**的同時，也解釋了如何抵達人魔島[61]，以及如何只憑一面小鏡子或憑藉對動物寓言集[62]的堅信不移，就能讓蛇妖俯首就擒。

這股熱情和樂在其中從未離我而去，即便為了顧及精神及實質因素（要當中世紀學者，必須家財萬貫，還要能遍尋隱身窮鄉僻壤的圖書館，將難得一見的手稿全都製作成微縮捲片），後來我選擇了另一條道路。中世紀始終都在，儘管不是我的志業，卻是我的嗜好，也是持續的吸引力，我處處都可見到它，有時候清晰可見，有時候我做的研究看似與中世紀無關，實則寸步不離。

今日的歐坦[63]主教堂有克利夫院長[64]用浸泡了硫磺的裝幀書頁寫下讓穆瓦薩克[65]和孔屈埃鄉巴佬深深著迷的魔鬼之書，我在那中殿裡度過一次又一次秘密假期，被〈默示錄〉中的長老[66]身影或被魔鬼塞滿了沸騰大鍋的受詛咒靈魂所惑；於此同時，我重新解讀發人深省的僧侶比德[67]，尋求奧卡姆[68]理性的慰藉，以便了解索緒爾[69]也說不清楚的符號之謎。以此類推，我再三緬懷《布倫丹朝聖之旅》[70]，反覆檢查我們腦中對《凱爾經》[71]的想法，用凱爾特[72]的隱喻複合詞[73]重新審視波赫士[74]，以及蘇傑主教[75]日記中所載權力與信服群眾之間的關係……

面具

事實上我不僅決定要說中世紀的故事，而且決定透過一個中世紀編年史家之口在中世紀裡面說故事。當時我是新手，直到那時候為止，我都是站在另一邊看著別人說故事。要我開口說故事實在很難為情，那感覺就像寫劇評的人突然間站到舞台鎂光燈下，看著自己被那些原本是共犯的觀眾盯著看。

有辦法說出「那是十一月底的一個美好早晨」這樣的句子，而不覺得自己是史努比嗎？如果讓史努比來說的話會怎樣？如果「那是一個美好早晨……」這句話讓某個被授權說話的人說出來，反正在他那個年代本來就可以這麼做呢？面具，那正是我所需要的。

我反覆研究中世紀的編年史家，想找出節奏，還有那份純真。要讓他們當我的代言人，這樣我就可以擺脫一切指控。擺脫指控，並不代表可以擺脫互文性的層層呼應。我發現了寫作者早就知道的一件事（而且他們跟我們說過很多次）：一本書談的永遠是其他書，每個故事說的都是一個已知的故事。這一點，荷馬知道，阿里奧斯托[76]知道，弗朗索瓦・拉伯雷[77]跟塞萬提斯自然也都知道。所以我的故事不能不從被人找到的一份手稿開始，而那份手稿引述的又是另一個文本（不用想也知道）。於是我立刻提筆寫下前言，把我的故事裝在第四層箱子裡，外面有另外三個故事作為屏障：我說的故事來自瓦萊修士，瓦萊修士的故事則來自馬比雍說的阿德索的故事……

我不再擔心受怕。可是從那一刻起我停筆了，停了整整一年。我之所以停筆是因為我發現了另外一件我本來就懂的事（大家都懂），只是我在寫作的同時得以進一步釐清。

我發現小說的第一步其實無關乎話語，寫小說是創造宇宙之事，就跟聖經創世紀裡描述的一樣（不過需要選擇模式，語出伍迪艾倫）。

寫小說好比創造宇宙

我的意思是，要說故事首先得建構一個世界，而且最好能夠鉅細靡遺不放過任何一個細節。我如果設定有一條河，河有兩岸，在河左岸安排了一個人在釣魚，我如果設定這個釣魚人性格暴躁易怒，還有刑事前科在身，那麼我就可以開始動筆了，把必然會發生的事情轉化為話語寫出來。釣魚人在做什麼？釣魚（於是有了一連串不可避免的動作）。然後發生什麼事？不是有魚上鉤，就是沒魚上鉤。如果有魚上鉤，釣魚人把魚釣起來之後心滿意足地回家，故事結束。如果沒魚上鉤，由於他是暴躁易怒的人，說不定會大發雷霆，還說不定會把魚竿折斷。故事到這裡不算豐富，但已經有了雛形。有一句印地安諺語說：「坐在河邊等，你敵人的屍體早晚會漂過」。如果有一具屍體順著河水漂過來呢（就河岸這個互文區域來說，發生這件事的可能性是再自然不過的）？別忘了我的釣魚人有不名譽的刑事前科紀錄，他會願意惹上這個麻煩嗎？他該怎麼辦？逃跑，假裝沒看到屍體？如果那具屍體正是他的仇家，他會不會覺得被人抓住了小辮子？既然他是暴躁易怒的人，會不會因為未能親手報仇而抓狂？

你們看，只要把專屬的世界略微鋪陳一番，故事開頭就已經有了，而且風格雛形也建立起來了，因為在釣魚的釣魚人讓我必須採用緩慢、流暢的敘事節奏，隨著他理應要有的耐心等待和煩躁不耐的期待而起伏。問題關鍵在於建構世界，話語形同不請自來。**意若清，言自來**（Rem tene, verbasequentur）。與其相反的，我想是寫詩吧：**言若明，意自成**（verbatene, res sequentur）。

寫《玫瑰的名字》第一年我都在建構書中世界。我列出所有可能在中世紀圖書館裡找到的書，列出許多人物的姓名和他們的基本資料，但後來其中不少人物都不見於故事內。也就是說，我必須知道的還有那些不會出現在書中的其他僧侶，讀者未必要認識他們，但是我必須認識。是誰說過，寫小說得跟戶政事務所看齊？或許還需要向都市計畫局看齊。我埋首在建築百科全書裡花了好長時間研究建築、平面規劃和照片，以便確認修道院的平面圖、房間，甚至還得弄清楚迴旋梯總共有幾級台階。

有一次馬可・費雷利[78]跟我說我寫的人物對話很有電影劇本的感覺，因為時間長度恰到好處。那當然，我在《玫瑰的名字》書中寫兩個人從用膳室邊走邊談來到中庭的時候，修道院平面圖就在我眼前，等他們走到定點，對話便結束了。

必須自我設限，才能自由發揮。詩的限制可以來自音步、詩句、詩韻，來自我們今天稱之為「耳朵聽到的呼吸」……小說的限制來自於背景世界，不過這跟寫實主義無關（其實**就連**寫實主義也是這麼說的），可以建構一個不真實的世界，在那個世界裡驢子會飛，公主會在一吻之後醒過來，重要的是，那個世界儘管不寫實，但根據最初設定的架構（得知道公主是不是在那個世界裡可以因為王子或巫婆的一個吻而醒來，還有，公主的吻是否只會讓青蛙變成王子，或換作犰狳也一樣）是可能的，是存在的。

歷史也是我書中世界的一部分，所以我反覆讀了許多本中世紀編年史，閱讀的時候我發現應該要把某些我原先完全沒想過的東西放進書裡，例如貧窮論戰，還有宗教裁判所對方濟各會[79]的迫害。

舉幾個例子：為什麼《玫瑰的名字》書中有十四世紀的方濟各會修士？我如果想寫中世紀故事，本應該將故事背景設定在十三或十二世紀，因為我對這兩個時期的熟稔程度勝過十四世紀。但我需要有一個人物擔起調查偵探角色，最好是英國人（便於互文性引用），要有非凡的觀察力，而且詮釋蛛絲馬跡得有獨特的敏感度。在羅傑・培根[80]之後，這些特質唯有在方濟各會修士身上才找得到。而且只有奧卡姆一脈的符號學理論發展較為成熟，當然更早期也有，不過早期的符號詮釋不是流於象徵，就是傾向於將符號視為理念或共相[81]。只有從培根到奧卡姆那段期間，符號被用來增進個人知識。所以我必須把故事設定在十四世紀，這讓我很火大，因為我行動起來備感辛苦。

於是我重新開始閱讀，發現即便這個十四世紀的方濟各會修士是英國人，也不可能不知道關於貧窮的那場論戰，如果是奧卡姆的朋友或徒弟或認識他的人就更不可能不知道了。（附帶一提，我原本決定要讓奧卡姆親自出馬的，但後來我改變了主意，因為從人的角度來說，這位「可敬的洞見者」並不討我喜歡。）

至於整起事件為什麼發生在一三二七年十一月底呢？因為十二月的時候米克雷・達・契瑟納[82]人已經在亞維儂了（在歷史小說裡建構另一個世界就是這麼回事：某些事情取決於作者，例如樓梯台階級數，但有些事情則必須順應真實世界，例如米克雷的行動在這類小說中十分巧合地與敘事世界並行不悖）。

可是十一月其實太早了，因為我需要宰殺一隻豬。為什麼？很簡單，為了要把一具屍體倒栽蔥插入豬血大甕裡。為什麼要做這個安排？因為〈默示錄〉第二號角吹響時[83]……總不能叫我更改〈默示錄〉吧，它是屬於真實世界的。好吧，事情是這樣的（我打聽過了），天氣夠冷的時候才會殺豬，十一月有點太早，除非我把修道院安排在山上，如此一來十一月很可能已經下雪了。否則我本來是想讓故事發生在平原上的，例如彭波薩，或孔屈埃。

這個建構的世界會告訴我們故事應該如何往下走。每個人都問我為什麼我取佐治這個名字讓人聯想到波赫士，而且還把波赫士寫得那麼壞。我不知道。我只是需要一個盲人負責看管圖書館（我覺得那是個不錯的小說創意），而最著名的盲人圖書館管理員莫過於波赫士，欠債總是要還的。再說，〈默示錄〉是透過西班牙人的評註和泥金裝飾畫影響了整個中世紀的。當初我把佐治安插進圖書館的時候，我也不知道他就是兇手。這麼說吧，後來發生的事都是他自作主張幹的。別把這想成是唯心論的結果，有些人說書中人物有自己的生命，作者宛如恍神放空，聽命於人物讓他們為所欲為。這是高中生的愚蠢論述。其實是書中人物依據他們所處的世界法則不得不那麼做。或也可以說作者其實是自己預設條件下的囚犯。

另一個有趣的故事是關於迷宮的。我所知道的所有迷宮，以及桑塔康傑立[84]所做的迷宮精采研究，全是戶外迷宮。這些迷宮都很複雜，處處可見回旋[85]。但我需要的是一個室內迷宮（你們難道見過戶外圖書館？），如果迷宮太過複雜，有過多通道和隔間的話，就會有通風不足的問題。但我需要良好的通風，才能助長火勢蔓延（沒錯，我很清楚最後那棟建築物要被燒掉，但這也有其宇宙——歷史典故：中世紀的主教堂和修道院跟硫磺火柴[86]一樣易燃，構思一個以中世紀為背景的故事而不穿插火災，就跟構思一部太平洋戰爭電影，卻沒有戰鬥機變成火球墜落是一樣的）。所以我花了兩、三個月的時間構築適合的迷宮，最後我不得不借助垛口[87]，以解決空氣始終不足的問題。

說話的是誰？

我有很多問題。我想要一個封閉的場域，一個內聚的世界，為了讓這個世界儘可能維持封閉，我不但讓地點一致，也讓時間一致（至於表演則未定）。總之，地點是一間本篤會修道院，生活作息皆依頌禱時辰而行（或許我無意識套用了《尤利西斯》模式，一日之中一章一小時的嚴謹結構；也有《魔山》的影子，許多對話都在高聳峭壁、近乎療養院的氛圍中進行）。

對話給我製造了不少問題，但這些問題在寫作的時候一一解決了。有一個議題在敘述理論中則很少討論，那就是**語詞輔助**，即敘事者透過一些手法把話語交由不同人物發言。由下面五組對話可以看出其中差異：

1.「你好嗎？」
「還不賴，你呢？」
2.「你好嗎？」喬凡尼說。
「還不賴，你呢？」皮耶羅回答。
3.「你，」喬凡尼問：「你好嗎？」
皮耶羅冷不防回了一句：「還不賴，你呢？」
4.「你好嗎？」喬凡尼關心地問。
「還不賴，你呢？」皮耶羅大笑。
5. 喬凡尼說：「你好嗎？」
「還不賴。」皮耶羅的聲音沒有任何情緒，然後露出一抹難以捉摸的微笑說：「你呢？」

除了頭兩則例子，其他的都可以看到所謂的「敘事引證」。作者加入個人評論，提示二人對話之中可能有的涵義。但是頭兩則對話難道真如表面上淡然，不帶任何涵義嗎?讀者在能接收附加情緒但無從察覺的頭兩則淡然對話(試想海明威的對話看似多麼不帶情緒)中比較自由?還是在能清楚辨識作者意圖的另外三則對話中比較自由?

事關風格,事關意識形態,事關「詩學」,正如你得在內韻[88]或半諧音或輔韻之間作選擇,必須找到一致性。或許我選擇了一條比較容易的路,因為所有對話都是由阿德索轉述的,顯然阿德索在整部小說中注入了他的觀點。

對話讓我面臨另外一個問題。對話能夠多中世紀?換句話說吧,我在書寫的時候就知道這本書的結構很像是一齣滑稽的音樂劇,有漫長的宣敘調,還有無邊無際的詠嘆調。詠嘆調(例如對拱門的描述)是模仿中世紀的浮誇修辭,不缺可供參考的典範。那麼對話呢?寫到某個時候我不免擔心我的對話會不會像阿嘉莎・克莉絲蒂[89]寫的,而詠嘆調則像出自蘇傑或聖伯爾納鐸[90]之手。我又回頭閱讀中世紀小說,我指的是歌頌騎士的那些史詩作品,我發現除了某些破格之處,在敘事手法及詩學上我並未違背中世紀路線。不過這個問題讓我苦惱許久,不確定是否解決了詠嘆調和宣敘調之間替換的問題。

另一個問題:敘事聲音或敘事引證的層層嵌入。我知道(我)正藉由另一人之口說故事,而且還在前言裡告知大家這個另一人所說的話至少又經過了兩次敘事引證的篩檢，一個是馬比雍，另一個則是瓦萊修士，當然我們可以假設他們二人僅對手中文本做了文字學研究，並未介入文本（誰相信？）。不過當阿德索以第一人稱敘述時，這個問題再度浮現。八十歲的阿德索說的是他十八歲時所見所聞，那麼說話的究竟是十八歲的他，還是八十歲的他？顯然兩者皆是，這是刻意安排的。技巧在於讓年邁阿德索不斷現身議論他記得自己年輕時的所見所聞。參考模式是《浮士德博士》中的采特勃洛姆[91]（我並未重看該書，憑藉的是我久遠的記憶）。

這種雙重發聲的手法讓我分外著迷且鍾情，回到之前所言關於面具的議題，如此一來，讓阿德索一分為二的同時，隔在真實的我、身為敘事作者的我、敘述者的我、被敘述的角色以及敘事聲音之間的所有空隙、屏障也全都加了一倍。我越來越覺得自己受到保護，這個經驗讓我想起了（我是指切身的記憶，自然少不了瑪德蓮小蛋糕沾了椴樹茶後的滋味[92]）某些兒時遊戲，躲在棉被下，自覺是在潛艇裡，傳信號給躲在另一張小床上被子裡的妹妹，兩個人都與世隔絕，可以自由自在地虛構在寂靜海底的游弋路線。

阿德索對我而言至為重要。我從一開始就打算讓整個故事（包括所有秘密、政治和神學事件，及種種混沌虛偽）從經歷一切的某個人口中說出，他以青少年的圖像記憶方式忠實地將事件一一記錄下來，但是他並不懂（即便垂垂老矣，他始終未能真的理解，以至於後來選擇了並不光彩的逃避，跟他的導師為他規劃的藍圖相去甚遠）。藉由一個完全懵懂之人把故事說給大家聽。

我看評論後發現這個安排並未讓學有專精的讀者留下深刻印象，或可以說完全沒有人提及，幾乎完全沒有人提及。但現在我不禁懷疑這說不定正是那些不咬文嚼字的讀者之所以能閱讀《玫瑰的名字》的原因之一。他們認同了敘事者的純真，在他們無法全盤理解的時候找到了慰藉。我讓他們重新經驗面對性、陌生語言、思維障礙和政治黑幕的惴惴不安……這是我現在才明白的，**後知後覺**，或許那時我將自己年少時期的許多騷動都轉給了阿德索，至少他那份愛的悸動絕對不假（但始終是在篤定可以透過中間人的條件下才有所行動：阿德索唯有透過教會聖師對愛情所下的定義才能體會他自身那愛的折磨）。藝術是個人情緒的宣洩，從喬埃斯到艾略特都是這麼教導我的。

試圖按捺情緒是一場硬仗。我原本寫了一段很美的祈禱文，改寫自亞倫・的・里爾對大自然的讚頌[93]，是要讓威廉在某個真情流露的時刻說的。但後來我察覺這會讓身為作者的我和做為主角的他都過於激動。從詩學角度考量，身為作者的我不該如此。因為本性使然，身為主角的他也不該如此，威廉的情緒都藏在心裡，而且是受到壓抑的。所以我刪去了那一頁。一位女性友人看完書後跟我說：「我唯一要提出抗議的，是威廉從未流露悲憫之心。」我把這句話轉述給另一個朋友聽，他說：「理應如此，那正是他的悲憫情懷。」或許是。就算是吧。

隱語法[94]

阿德索還幫我解決了另外一個問題。我原可以讓故事在大家都知其所以的中世紀裡進行，如同在現代故事裡，若書中人物說梵諦岡不會同意他離婚，不需要解釋什麼是梵諦岡，也不需要解釋為什麼梵諦岡不同意離婚。可是在歷史小說裡不能這麼做，因為說故事的目的也是為了讓我們現代人知道在中世紀發生了什麼事，以及在那時候所發生的事對今天的我們有何意義。

風險在於會步入薩格里[95]的後塵。薩格里的書中人物在敵人追捕下奔逃躲進森林裡，被麵包樹的根絆倒，敘事者隨即讓劇情暫停，開始進行麵包樹植物教學。如今這成了慣用手法，就像是我們喜愛之人的某些壞習慣，雖然很可愛，其實不該這麼做。

我重寫了數百頁，正是為了避免這樣的事情發生，但我想不起來當時是否意識到自己是如何解決這個問題的。直到兩年後，我試圖理解為什麼《玫瑰的名字》會被不可能喜歡書籍如此「學識淵博」的讀者接受的時候，才釐清了一切。阿德索的敘事風格奠基在被稱為隱語法的修辭技巧上。還記得那個著名的例子嗎？「無須提及凱薩所到之處……」[96]。嘴巴上說不想談大家都知道的某件事，卻在這麼說的時候把那件事全盤托出。這跟阿德索雖僅約略提及某些眾所皆知的名人和事件，實則等於全說了大抵是相同的。阿德索是十四世紀末的日耳曼人，他的讀者自然不可能知道他所寫的那些人和那些事，因為事情發生在十四世紀初的義大利。而阿德索知無不言，且不脫訓世口吻，正是中世紀編年史家的風格，渴望在每次談及某件事的時候置入包羅萬象的各類觀念。

一位女性友人（不是先前那位）在讀了我的手稿之後，告訴我說她對於說故事的紀實口吻頗感詫異，不像在看小說，倒像在看《快訊》週刊[97]的文章，如果我沒記錯的話，她是這麼說的。我剛聽到的時候很難過，後來我才明白她體會了什麼，只是她沒能意會。中世紀的編年史家正是這麼說故事的，今天我們之所以用同一個字指地方新聞[98]，是因為當年編年史家的確寫了很多地方新聞。

呼吸

之所以放入長篇累牘的訓世文其實另有目的。看過手稿後，出版社的朋友建議我縮減前一百頁，因為他們覺得太沉重，看得很辛苦。我毫不猶豫，一口拒絕，我堅持的理由是，如果有人想進入修道院，而且要住上七天，必須接受那樣的節奏。這一關過不了，就永遠別想讀完全書。所以，《玫瑰的名字》開頭前一百頁有其悔罪功能，不喜歡的算他倒楣，只能卡在山腰上前進不得。

進入一本小說有如登山，得學會呼吸，踩對步伐，否則很快就會停下來。詩也是一樣。你們回想一下，由演員扮演的詩人有多令人難以忍受，他們為了「詮釋」，不尊重詩行韻律，往往**跨行**朗讀，將詩當成散文，只關注內容卻忽略了詩韻。要讀一首十一音節[99]、三韻格[100]的詩得依循詩人設定的節奏吟唱。寧願用小時候讀《兒童郵報》[101]的方式朗讀但丁，也不要拚了命地追逐於文義之後。

敘事體中的呼吸不跟句子走，而是跟更大的陳述命題和事件的節奏走。有些小說的呼吸節奏跟羚羊一樣，有的則跟鯨魚或大象一樣。和諧不在於呼吸的長度，而在於呼吸規律與否：如果在某個地方呼吸突然中斷（但不應該太過頻繁），某一章（或某個場景）在氣還沒完全吸完之前就結束了，這可能在故事鋪陳中扮演重要角色，表示劇情急轉直下，有戲劇化的發展。

至少大文豪會這麼做。「那可憐的姑娘回話了」[102]，句號，換行。這當然跟「永別了群山」[103]的節奏大不相同，可是這句話一出現，彷彿整個隆巴第[104]的蔚藍天空都被染紅。一部偉大小說的作者永遠知道何時加速、何時煞車，知道在恆常的背景韻律中踩幾下腳踏板的輕重緩急。音樂可以搶拍，但也不能搶太兇，否則有些糟糕的演奏者會以為搶拍誇張一點就能變成蕭邦。我在談的不是我如何解決了我的問題，而是我遇到了什麼問題。我如果說我很清楚自己遇到了什麼問題，是騙人的。有一派說法認為創作可以藉由指尖**在鍵盤上**的敲打節奏做思考。

我想舉一個用指尖思考或說故事的例子。在廚房交媾那一段全由宗教經文組成，出處包括雅歌[105]、聖伯爾納鐸、喬凡尼·德·費康[106]、聖赫德嘉·馮·賓根[107]，即便是對中世紀神秘主義無所知悉的人，只要注意聽，就能有所察覺。可是現在有人問我這些引文出自於誰，段落的始與末，我卻說不出來。

我手上有數十份這些文本資料，有的是書頁，有的是影印，比我後來寫入書中的多出許多。但我寫廚房那一幕的時候是揮筆而就（後來才添加韻腳，粉刷修飾一番，以減少縫隙坑洞）。總之，我寫的時候手邊有所有那些文本，不按順序隨手摭拾，眼睛在文本間移動，這邊抄一段，然後在它後面接上另一段。初稿中這一章是寫得最快的，後來我才明白當時我是想用指尖追隨二人燕好的節奏，所以我不可能慢吞吞地東挑西揀。那時候引文適合與否端看我敲擊的速度，我用眼睛淘汰了那些可能會阻撓手指節奏的文字。我不敢說編寫那段情節的時間長度跟事件本身長度相同（雖然有些床戲也是滿久的），但我儘可能縮短了寫作和交媾事件的長度差距。我這裡說的寫作不是羅蘭巴特定義的寫作，而是指打字，是指物理、物質行為的寫作。我說的是身體的、而非情緒的節奏。情緒早已經過過濾，激動是在更早之前，是在我決定讓陷入奧秘而迷亂與陷入情慾而迷亂合而為一的時候，在我讀完並選擇了要用的文本的時候。之後便再也無一絲情緒，翻雲覆雨的是阿德索，不是我，我只需要用眼睛和指尖把他的情緒翻譯出來，就跟我決定邊打鼓邊說愛情故事一樣。

建構讀者

節奏、呼吸、悔罪……為了誰？為了我？當然不是，是為了讀者。作家寫作時腦袋裡總是想著讀者，就跟畫家畫畫的時候想著觀畫者是一樣的。用畫筆塗抹後，走開兩三步研究效果：以觀畫者看畫的方式看畫，在適當的光線下，看著掛在牆上的畫。一部作品完成後，文本和它的讀者之間會建立起一種對話關係（作者被排除在外）。進行中的作品則有雙重對話關係，其一是那個文本和所有在它之前寫就的文本之間的對話（書不是談論其他書，就是跟其他書有關），其二則是作者和典型讀者之間的對話。這個理論我在《本事中的讀者》[108]及更早的《開放的作品》[109]中都討論過，並非我所獨創[110]。

也有可能作者在寫作的時候心裡想的是經驗讀者，例如現代小說先驅塞繆爾・里查森[111]、亨利・菲爾丁[112]和笛福[113]，是為了市井小民和他們的妻子所寫，喬埃斯也為大眾而寫，只是他心中的理想讀者最好患有失眠症。有作家認為自己是對著站在門外、手中拿著鈔票的大眾講話，有作家則認為自己是為了未來讀者而寫，無論如何，寫作對此二者而言，都是透過文本建構屬於自己的讀者典型。那麼，心裡想著能夠突破前一百頁悔罪障礙的讀者，是什麼意思？意思就是，要以建構適合隨後文字的讀者為目標寫一百頁。

有沒有作家只為後人而寫？沒有，儘管有人信誓旦旦，但既然他不是諾斯德拉達姆斯[114]，就只能以他對當代的認知建構出後人典型。有沒有作者僅為少數人而寫？有，如果少數人指的是他所體現的典型讀者，因為在這類作者的預設立場裡，他不太可能被太多人扮演。但就算在這個情況下，作家寫作的時候仍然滿懷希望，而且並不刻意隱諱，期待他的書能創造出他所渴望的讀者新的、多多益善的分身，以傳統工藝的、理所當然的、激勵人心的一絲不苟態度追隨他的文本。

想要製造新讀者的文本和想要迎合讀者需求的文本之間的差別，在於後者的路已經走了一半了。迎合讀者需求的文本如同一本已經寫好的書，遵循為系列商品研擬的不太差的方程式建構而成，作者做完市場分析，順勢而行即可。照方程式寫作的人大老遠就看得出來，分析他所寫的不同小說，會發現即便換了姓名、地點、外貌，說的是同一個故事。那是大眾要他說的故事。

當作家擬出新的計畫，勾勒不同的讀者藍圖，不想當只負責表列讀者需求的市場分析師，反而一心想當哲學家的時候，自然而然會編寫出符合時代精神的情節。他向他的受眾揭示的是他們應該要什麼，儘管他自己渾然不覺。他要讓讀者揭示的是自身。

曼佐尼難道不能心繫大眾需求，心繫既有模式，心繫以中世紀為背景的歷史小說，跟希臘悲劇一樣寫名人、國王、公主（《阿德希》[115]不就是如此？），以及偉大而崇高的熱情、長年征戰，歌頌義大利曾經享有的榮光嗎？在他之前，與他同期，在他之後可說是無人聞問的許多歷史小說家不正是如此嗎？包括句句雕琢的達澤由[116]、慷慨激昂又滯礙難行的貴拉茲[117]，和讓人看不懂的康杜[118]。

曼佐尼選擇了什麼？他選擇了十七世紀，那是良民被奴役、地痞流氓橫行的年代，書中唯一略肯仗義執言的是個惡棍，烽火四起的戰役他隻字不提，反而加入諸多文獻資料和椎心吶喊讓故事更顯沉重……結果很討喜，大家都喜歡，無論學者文盲，無論老少，無論偽君子或無神論者皆然。因為他直覺意識到他所屬的年代讀者要的應該是**那個**，儘管他渾然不覺，儘管沒有人要求他，儘管沒有人看好。為了讓他的成品為人所接受，他大刀闊斧、細細琢磨、反覆洗滌，好讓經驗讀者不得不變成他念茲在茲的典型讀者。

曼佐尼不是為了討好原先的大眾而寫，而是為了創造出不可能不喜歡他小說的大眾而寫。怎麼可能沒人喜歡呢，你們看他是以何等偽善又平靜的口吻跟他那二十五個讀者講話。他心裡想的其實是兩千五百萬個讀者。

我在寫作的時候想要的是怎樣的典型讀者呢？可想而知，我要的是一個共犯，願意加入我遊戲的共犯。我想要徹徹底底變成中世紀人，活在中世紀，彷彿那就是我所屬的年代（反之亦然）。可是於此同時，我又拚了命地渴望形塑出一個讀者形象，能在通過入會式之後變成我的囊中物，或應該說變成文本的囊中物，除了文本給他的之外，他什麼都不要。文本希望提供讀者一個蛻變經驗。你以為你要的是性，要的是到最後會揪出兇手的犯罪情節，還要很多激烈動作，但同時又羞於接受由修道院死人和工匠聯手打造出來的讓人嘆為觀止的次級貨。好吧，那我給你拉丁文，很少女人，很多神學，還有不輸大木偶劇場[119]的血腥畫面，好讓你脫口說出「這是假的，我才不信！」到了這個時候你就是我的了，面對顛覆萬物秩序的上帝的無所不能而簌簌顫抖。然後，你要是夠厲害，就會察覺我是如何帶你步入陷阱的，因為到最後每走一步我都會告訴你是怎麼回事，我會清楚告知你我正帶你走向詛咒，而跟魔鬼交易最棒的就是你明知道對方是誰卻仍然會簽下自己的名字。否則何須用地獄當獎賞呢？

既然我希望這個讀者能將唯一會讓我們覺得毛骨悚然的，也就是形而上的膽寒視為喜悅，我（在所有情節模式中）唯一能找到最形而上且富哲學思維的，就是警匪小說了。

警匪小說的形而上

《玫瑰的名字》開場貌似偵探小說並非偶然（而且持續誤導天真讀者直到尾聲，如此一來這位天真讀者很可能完全沒發現這是一本發現有限、而且偵探還鎩羽而歸的偵探小說）。我認為大家之所以喜歡看偵探小說，不是因為書裡有人橫死，也不是因為偵探小說歌頌最終秩序（智性的、社會的、法律及道德的）凌駕於罪行失序之上，而是因為警匪小說是一個假設的故事，而且十分純粹。不過醫學診斷、科學分析，甚至形而上的問答也都屬於假設。哲學（例如心理分析）的根本問題說到底和警匪小說其實是一樣的：究竟是誰的錯？為了得到答案（以便以為自己得到了答案），必須假設萬事皆有邏輯，邏輯自會為他們安排犯錯的人。每一個調查和假設的故事都會告訴我們某件我們習以為常的事情（偽——海德格言）。說到這裡應該很清楚為什麼我的故事主軸（誰是殺人兇手？）會有許多支線故事了吧，而且這些故事都跟其他假設有關，全都以不折不扣的假設性結構為核心。

假設性的抽象代表是迷宮。迷宮有三種。一種是希臘迷宮，忒修斯[120]的迷宮。這種迷宮沒有人會走不出來：入口通往迷宮中心，再從中心走向出口。所以在這種迷宮中心得有怪物米諾陶洛斯駐守，否則故事毫無任何韻味可言，就像是出門散步。驚恐之處在於不知道自己走到了哪裡，還有米諾陶洛斯打算做什麼。但是你若將這類古典迷宮展開，會在手中看到一條線，阿里阿德涅的線。古典迷宮正是阿里阿德涅的那條線。

此外還有矯飾迷宮，你若將它展開，會在手中看到一株樹，貌似條條死路的根狀結構。出口只有一個，很容易犯錯，你需要阿里阿德涅的線才不會迷路。這類迷宮屬於反覆試驗法[121]。

最後一種是網狀迷宮，也就是德勒茲[122]和瓜達里[123]所說的根莖狀迷宮。根莖狀是指每條通道都可以跟其他通道相連接，沒有中心，沒有邊界，也沒有出口，因為就潛力而言它是無盡的。假設的空間是一種根莖空間。我的圖書館迷宮固然是一個矯飾迷宮，但是威廉發現自己身處的世界是一個根莖結構，或者應該說是仍有待建構的根莖，只是始終未能建構完成。

一個十七歲的男孩跟我說他完全看不懂書中的神學辯論，不過那些論述彷彿是空間迷宮的延伸（就像希區考克電影裡的驚悚配樂）。我想事情大概是這樣的：縱使讀者再天真無邪，也意識到了自己在看的是一個諸多迷宮的故事，但並非空間的迷宮。奇妙的是，或許我們可以說越有「組織」的文本越適合天真的讀者。天真讀者會直搗核心，不對內容多作冥想，因為根本不可能有故事。

樂趣

我希望讀者能玩得開心。至少要跟我當時一樣開心。這點很重要，雖然似乎跟我們以為小說應該文以載道的觀念是背道而馳的。

玩得開心並不代表「去——辯論」，對問題視而不見。《魯賓遜漂流記》想討它的典型讀者歡心，說的都是跟典型讀者很像的循規蹈矩**經濟人**[124]的日常生活盤算與點滴。只不過這位**類**魯賓遜在開開心心地看完《魯賓遜漂流記》之後，應該多少明白了一些事，變成了另一個人。娛樂之餘，也有所學習。讀者因此學到跟世界有關或跟語言有關的事，這個差異標示出敘事文學的不同詩學，但出發點不變。《芬尼根守靈夜》的理想讀者最後應該跟卡洛琳娜·伊韋尼茲歐[125]的讀者同樣開心，不分軒輊。只是方法不同而已。

如今，娛樂這個觀念至為重要。不同時期的小說有不同方法可以娛樂或取悅他人，顯然現代小說企圖壓抑情節的娛樂性，以突顯其他類型的娛樂性。做為亞里斯多德詩學的死忠粉絲，我始終認為一本小說無論如何應該負責娛樂，尤其要藉由情節娛樂。

無庸置疑的是，如果一本小說能取悅讀者，就能獲得大眾的認同。曾經有一段時間，認同被視為負面徵兆。若有一本小說獲得認同，就表示它了無新意，提供大眾的是他們原本就期待的。

但我認為，「如果一本小說提供讀者他原本就期待的，會獲得認同」跟「一本小說如果獲得認同，是因為它給了讀者原本就期待的」其實並不相同。

第二個說法並不永遠是對的。只要想想笛福或巴爾札克，再想想《錫鼓》或《百年孤寂》就好。

有人會說「認同=負面價值」這個方程式是受到我們Gruppo 63[126]某些激進立場的鼓吹而來的，其實六三年之前亦然，認定暢銷書等於勵志書，溫情小說等於以情節為主的小說，被歌頌的實驗作品每每引發公憤，然後遭到大眾拒絕。當時確實說過那些話，會那麼說是有道理的，那些話讓正統派文人格外感到忿忿不平，而且讓編年史家牢牢記住。那正是說那些話期望得到的效果，因為相較於十九世紀的問題[127]，傳統小說始終固守柔情勵志、缺乏有趣的革新。之後形成了對立，往往草木皆兵，一言不合便煙硝四起，是致命打擊。

我記得當時的敵人是蘭佩杜薩[128]、巴薩尼[129]和卡索拉[130]，今天，我個人覺得應該就他們三人作細微的區分。蘭佩杜薩寫了一部不合時宜的好小說，對大家的歡欣鼓舞提出質疑，他這麼做彷彿是要為義大利文學打開一條新路，結果恰好相反，他以極其壯麗的姿態關閉了另一條路。至於卡索拉，我對他的看法沒有改變。巴薩尼，我今天會非常非常謹慎，如果回到一九六三年，我會樂於把他當作我的同路人。但我想要談的是另一個問題。

沒有人記得一九六五年發生的事。當時Gruppo 63在巴勒摩再次聚會，討論實驗小說（補充說明，那次開會的會議紀錄仍在出版社目錄上，書名是《實驗小說》（Il romanzosperimentale），菲特里內利出版社[131]，出版日期為一九六五年，印刷日期為一九六六年）。

那次論戰留下了今天看起來十分有趣的紀錄。第一篇報告出自雷納托・巴利里[132]，這位對新小說[133]所有實驗主義都很有研究的理論家覺得是時候要跟嶄露頭角的羅伯・格里耶[134]、葛拉斯[135]、托馬斯・品欽[136]算算帳了（我們可別忘了今天品欽被稱為後現代先驅之一，當時「後現代」這個名詞還不存在，至少在義大利是如此，約翰・巴思[137]在美國也才剛剛開始談），他說他重新發現了雷蒙・盧塞爾[138]，說他愛上了朱爾・凡爾納[139]，沒有說到波赫士，因為當時尚未對他重新評估。巴利里到底說了什麼？他說截至當時為止，大家都著重在劇情結尾、情節呈現和唯物迷戀，但是已經開始有一種新的敘事手法重新思考情節，或考慮另一種情節。

我則是就前一晚大家看完一部拼貼奇特影片的感想做分析，導演是巴魯克洛[140]和葛里菲[141]，片名是《不明確的檢驗》[142]，故事由不同的故事片段組成，而這些故事片段都來自商業電影的標準劇情或類型場景。我點出了觀眾反應最熱烈的部分正是數年前他們會嗤之以鼻的片段，也就是說傳統情節的時間及邏輯順序被棄置一旁，原本的期待徹底落空。前衛正在變成傳統，數年前的刺耳噪音已然變成了動人旋律

（或怡然畫面）。

由此觀察理所當然可以導入一個結論。訊息接受度高低不再是評斷實驗敘事作品（或任何其他藝術）的主要準則，因為不易接受已經被視為是愉悅的。那是一種柔性回歸，回歸到一種可接受的、愉悅的新形式。我提到了馬里內蒂[143]的未來主義劇場[144]，觀眾發出鼓譟噓聲是理所當然的，「今天如果有人認為某個實驗作品被觀眾視為正常而接受便是失敗之作，是毫無意義又愚蠢的，那是遵循歷史上的前衛價值論準則的結果，所以針對這個前衛所做的評論不過是一種遲來的馬里內蒂式批判。我們要重申的是，只有某個特定歷史時刻的受眾訊息接受度低才是價值保證……我在想我們或許應該放棄那個左右了我們討論方向的內心堅持，不該再認為外顯的不以為然才是驗證作品生命力的標準。同樣的，秩序與失序、大眾作品和挑釁作品的二分法界定，只要不減緩生命力，都應該以另一個角度視之：我想應該可以在看起來接受度高的作品中找到斷裂和批判的元素，相反的，可以在貌似挑釁、會讓觀眾氣得從椅子上跳起來的某些作品中察覺出它們其實什麼都沒有……這幾天，我發現有人因為某個作品讓他**太過喜歡**而起了疑心，將它劃分到存疑區中……」云云。

一九六五年。那時候普普藝術崛起，界定非具象實驗藝術和敘事、具象的大眾藝術之間的傳統分野崩塌。就是在那時候，亨利·浦瑟爾[145]談到披頭四時跟我說「他們為我們勞動」，卻沒意識到他其實也在為他們而勞動（應該要請凱西·柏貝里安[146]為我們證明披頭四的音樂用再適合不過的普塞爾[147]風格重新演繹之後，絕對可以與蒙特威爾第[148]和薩蒂[149]同登音樂廳殿堂）。

後現代、嘲諷、愉悅

從一九六五年到今天釐清了兩件事情。一是可以藉引述其他情節的形式來呈現情節，一是引文會比被引述的情節少點溫情。（邦皮亞尼出版社一九七二年的年鑑名為《情節回歸》[150]，以嘲諷不失景仰的角度回顧彭森·杜·特拉耶[151]和歐仁·蘇[152]的作品，以景仰略帶嘲諷的角度回顧大仲馬的幾部鉅作）。可不可以有一本小說不那麼溫情，具有爭議性，卻又討人喜歡呢？

不僅要回歸情節，還要兼顧討喜，這種組合，後來應該是由美國後現代主義理論家實踐的。

很不幸的，後現代這個名詞**適用範圍極廣**。我的感覺是今天只要你喜歡的東西都可以說它是後現代。另一方面，後現代似乎有往回追溯的傾向：原本只適用於最近二十年的作家或藝術家，然後漸漸朝世紀初發展，而且越來越回頭，再這麼繼續下去，不用多久就連奧塞羅恐怕也會被歸類為後現代了。

但我認為後現代不是可用編年邏輯界定的一個流派，它屬於心靈範疇，或者可以說是一種**藝術的意志**[153]，是一種執行手法。我們可以說每個時代都有自己的後現代，就像每個時代都有自己的矯飾主義是一樣的（我不禁自問，就後設歷史[154]來說，後現代會不會是矯飾主義的現代名詞）。我相信每個時代都會有尼采在討論歷史研究之惡的《不合時宜的考察》（UnzeitgemässeBetrachtungen）書中所說的危機出現。

歷史上的前衛主義（我這裡說的仍然是就後設歷史而言的前衛）試圖跟過去算總帳。未來主義的格言「我殺了月光」[155]是每個前衛主義的標準綱領，只需用任何一個適合的字替換月光即可。前衛毀了過去，讓過去扭曲變形，《亞維儂的少女》[156]正是典型的前衛之舉。然後前衛繼續前進，不但摧毀具象更消抹了具象，走向抽象、不正統、空白畫布、撕裂畫布、焚毀畫布；在建築則走向極簡的**帷幕**，讓建物變成碑柱，一個單純的平行六面體；在文學則打破了論述的流暢度，走向布洛斯[157]的切割拼貼，走向沉默，或走向整頁空白；在音樂則是從無調性走向噪音，走向絕對靜默（如此說來，約翰·凱吉[158]本質是現代的）。

然而前衛（現代）也走到了無法再往下走的時候，因為它已經製造出一種元語言[159]來陳述它不可能的文本（概念藝術）。現代的後現代答案是要承認應該重新檢視過去，因為過去無法被摧毀，因為摧毀過去會帶來靜默，而且勿忘嘲諷，以免流於天真。我對後現代的態度就像愛著一位極其文雅的女士的人，知道不能跟她說「我愛妳愛到不顧一切」，因為他明白她知道（她也明白他知道）這類句子莉亞拉[160]已經寫過了。不過還是有解決辦法。他可以說：「就像莉亞拉說的，我愛妳愛到不顧一切」。如此一來便避開了虛偽的天真，因為他清楚說出自己沒辦法那樣說話，但他仍然對心儀的女士道出了心底話：他愛她，而且是在一個不再純真的年代愛著她。如果那位女士不介意，她依然收到了一番愛的告白。對話的兩個人都不至於流於天真，雙方都接受了過去的挑戰，因為已經說過的話不能消抹，雙方都有意識地參與了一場遊戲，而且在這語帶嘲諷的遊戲中玩得很樂……兩個人都成功地訴說了自己的愛意。

嘲諷，元語言遊戲，冷靜闡述。所以說，現代，是不懂的人只能拒絕，後現代，是很有可能一個人明明搞不懂依舊認真看待。而這正是嘲諷的本質（或風險）。永遠會有人把玩世不恭的話當真。我想畢卡索、胡安・格里斯[161]、喬治・布拉克[162]的拼貼作品是現代的，所以正常人才無法接受。至於馬克斯・恩斯特[163]的拼貼加入了十九世紀的版畫局部，是後現代，可以把那些作品當成一篇奇幻故事，或當成是夢的故事，無視於那其實是關於版畫的論述，或關於拼貼作品本身。如果後現代是這麼回事，那麼勞倫斯・斯特恩[164]或弗朗索瓦・拉伯雷為何是後現代就不言而喻了。波赫士自然是後現代，因為同一個藝術家可以同時或先後或輪流是現代的和後現代的。喬埃斯也是如此。《一個青年藝術家的畫像》是一個嘗試現代的故事。《都柏林人》雖然寫作時間較早，卻比《一個青年藝術家的畫像》更現代。《尤利西斯》走在邊界上。《芬尼根守靈夜》已經是後現代了，或至少可以說它開啟了後現代論述，想理解它，需要的不是否定先前說過的話，而是以嘲諷的態度重新檢視過去。

關於後現代，一開始幾乎就全都說完了（例如約翰・巴思一九六七年的〈枯竭的文學〉[165]，最近才在《卡利班》[166]第七期討論美國後現代的專刊上刊登）。這些後現代主義理論家（包括巴思在內）給作家及藝術家打的成績單，或斷言說誰是後現代誰還不是後現代，我並不完全同意。不過我對這個流派的理論家開宗明義的定理很感興趣：

> 我理想中的後現代作家不模仿也不否認他二十世紀的父母親或十九世紀的祖

父母。他將現代主義融會貫通後，並不會把它當成包袱扛在肩上……這個作家或許無法冀望能符合研究詹姆斯．米契納[167]和歐文．華萊士[168]的學者期待，或讓他們感動，至於被大眾傳媒愚化的那些文盲就更不用說了，但他至少要希望能夠取悅比湯瑪斯曼稱之為早期基督徒，即藝術的信徒那個圈子更多的受眾，符合他們的期待，就算寥寥數次也好……理想的後現代小說應該要超越寫實主義與非寫實主義、形式主義與「內容主義」、純文學和教條文學、菁英文學和大眾文學等……之間的彼此謾罵。我很喜歡拿來跟後現代做類比的是一首好的爵士樂或古典音樂：反覆聆聽並分析樂譜後會發現很多第一次聽無法察覺的東西，可是第一次必須要能夠吸引你，讓你渴望再聽一次，這點無論對專家或非專家而言都很重要。

巴思在一九八〇年重拾這個議題，只不過這一次的文章標題是〈重生的文學〉（The Literature of Replenishment）。當然，也可以跟萊斯里．斐德勒[169]一樣，用更似是而非的觀點來談這個議題。《卡利班》刊登了他一九八一年的一篇文章，新出刊的雜誌《陰影線》[170]最近則刊登了他跟其他美國作家之間的筆戰。斐德勒是存心挑釁，這點顯而易見。他盛讚《最後的摩根戰士》[171]、探險文學、哥德式小說[172]、評論家瞧不起的玩意兒，而且他還塑造了好幾個神話，讓不只一個世代的幻想起飛。他問自己，是否還會出現類似《湯姆叔叔的小屋》那樣的作品，不管閱讀地點是廚房、客廳或小孩房間裡，都能激發同樣的熱血。他還把莎士比亞歸類到那些懂得取悅讀者的書堆裡，跟《飄》擺在一起。我們大家都知道這樣的評論根本居心叵測，無法輕信。斐德勒只不過想試著打破橫亙在藝術和樂趣之間的屏障。他意識到若想讓更多群眾認識自己，把自己的夢想散播出去，在今天或許得扮演前衛，而且他讓我們暢所欲言說出若要讓讀者作夢，未必需要安慰他們，恐怕需要魅惑他們。

歷史小說

這兩年我拒絕回答無聊的問題。例如：你這本書是開放的作品嗎？我哪知道，那不關我的事，是你的事。或是：你最投入哪一個角色？我的老天，作者能投入哪個角色？當然是**副詞**嘍，這還用問。

所有無聊問題中最無聊的是有些人暗示說之所以選擇寫過去的故事是為了逃避現實。是不是？他們問我。我回答如下，曼佐尼寫十七世紀的故事有可能是因為他對十九世紀不感興趣，但朱斯提[173]的《聖安波羅修》[174]寫的是與他同一時期的奧地利人，而貝爾克特[175]的〈朋提達盟約〉[176]顯然寫的是久遠的寓言故事。《愛的故事》[177]關心的是跟作者同一年代的事，《帕爾瑪修道院》[178]說的則是二十五年前發生的事……可想而知現代歐洲的所有問題，我們今天聽到的種種，都是在中世紀就形成的，包括城邦自治、銀行經濟、城邦君主制度、新科技和窮人造反。中世紀是我們的童年，需要常常回顧，探究病史。我們當然也可以用「王者之劍」[179]的風格來談中世紀。但其實問題癥結不在這裡，而且不能不面對。究竟何謂寫一本歷史小說？

我認為要談過去有三種方式。一種是騎士文學，從亞瑟王傳奇到托爾金[180]的故事皆是，**哥德式小說**也算在內，不過此處**小說**指的其實是騎士文學。過去像佈景，像前言，建構起童話世界，好讓想像力自由馳騁。換句話說，騎士文學其實未必需要在過去裡發生，重要的是不能在此時此地發生，也不能談及此時此地，即便是用隱喻手法也不行。很多奇幻小說是不折不扣的騎士文學。騎士文學是發生在他方的歷史。

第二個是劍俠小說，例如大仲馬的作品。劍俠小說會選擇「真實」可辨的過去，而且為了讓過去有辨識度，書中很多人物角色都已登錄在百科全書裡（黎胥留[181]，馬薩林[182]），他們會做一些百科全書裡查無紀錄的事情（遇到了米萊迪[183]，還跟某位波那瑟[184]有所往來），但是不會跟百科全書產生矛盾。當然，為了加強真實感，這些歷史人物也會做那些（為符合史書共鳴）他們做過的事（攻打拉羅歇爾[185]，跟安妮皇后[186]有染，歷經過投石黨亂[187]）。在這幅（「真實」）畫中加入虛構人物，讓這些人物展現可能是其他時代的人物才會有的情懷。例如達太安在倫敦找回皇后的珠寶，也可能發生在十五世紀或十八世紀。並非一定得活在十七世紀，才會有達太安的心情。

在歷史小說裡則未必要讓所謂百科全書型的人物入鏡。你們想想看，在《約婚夫婦》裡最有名的人物是費德里科・博羅密歐紅衣主教[188]，在曼佐尼把他寫入書中之前少有人認識（大家比較熟的是另一個博羅密歐，名字是卡洛[189]）。可是書中蘭佐、盧齊婭和柯里斯多夫神父[190]所做的每一件事情，都只能發生在十七世紀的隆巴第。這些角色的一切作為是為了讓讀者認識歷史，認識過去發生了什麼。事件和角色都是虛構的，但他們說給我們聽的那個時代的義大利是歷史書從未清楚陳述過的。

就這個角度來說，我當然想寫一本歷史小說，不是為了讓真實人物如鄔勃汀諾・達・卡薩雷[191]或米克雷・達・契瑟納在書中或多或少說出他們真的說過的那些話，而是為了讓所有跟威廉一樣的虛構人物說出那個時代該說的話。

我不知道我是否達成了這個預設目標。我想我引用後世作家（如維根斯坦[192]）文字偽裝成中世紀論述這部分應該沒有失敗吧。在那樣的狀況下，我清楚知道不是我的中世紀角色想法過於現代，而是現代人想法過於中世紀。我寧可問自己，我的虛構人物在面對真正屬於中世紀的片段思維跟某些連中世紀也未必能接受的荒謬不切實際的概念時，我是否賦予了他們統整的能力。我相信一本歷史小說應該做到這一點：不只在過去爬梳出日後發生的事件原委，也能勾勒出那些原委漸漸成形發揮效果的過程。

如果我的某個小說人物在比較兩個中世紀理念的時候，冒出了一個比較現代的想法，他所做的正是文化的進程；如果從來沒有人寫出這個人所說的話，那就意味著有人應該要開始思考他說的話了，即使一時之間思緒混沌不明也無所謂（或因為害怕、謹慎而不說出來也沒關係）。

無論如何，有一件事倒是讓我很得意：三不五時會有評論跟讀者或寫或說我的某個人物表達的看法太過現代，老實說，他們提及的所有那些例子，恰恰好那幾個例子，我所引用的都是道道地地的十四世紀文本。

也有其他篇章是讀者頗為享受中世紀氛圍，而我其實偷偷夾帶了現代文本的。關於中世紀每個人都有自己的看法，一般來說都認為它是腐敗墮落的。只有我們那個年代的僧侶才知道真相為何，但如果把真相說出來，往往會被送上火刑架。

最後

完成《玫瑰的名字》兩年後，我找到了一九五三年讀大學時所寫的筆記。「歐拉茲歐跟大家稱為P伯爵的朋友決定一探鬼魂之謎。P伯爵是性情古怪、冷靜不動聲色的一名紳士。歐拉茲歐跟他相反，是丹麥衛隊的年輕軍官，美式作風。按照悲劇路線情節發展正常。最後一幕，P伯爵把家人叫來，謎底揭曉：兇手是哈姆雷特。可惜一切都太晚了，哈姆雷特死了。」

數年後我發現卻斯特頓[193]早有過類似想法。就我所知，潛能文學工坊[194]最近建構了一個推理模式的題庫，發現唯一還沒寫過的題材只剩下，殺人兇手是讀者。

格言：有些妄念，絕不是一個人想出來的，書跟書之間會對話，一個真正的推理案例應該要證明的是，兇手是我們自己。

[譯註]

1.《文人》月刊（Alfabeta），創辦於一九七九年的義大利文學評論、政治、文化論述月刊，至一九八八年停刊為止共出版一一四期。創辦人為知名詩人暨作家納尼・巴勒斯特里尼（NanniBalestrini, 1935-），因遭無根據指控為義大利國內七〇年代十九起暴力綁架、謀殺事件幕後主使，七九年底逃亡法國，刊物隨即由十人組成的編輯室主導，成員包括艾可、文學評論瑪麗亞・蔻提（Maria Corti）、作家保羅・佛彭尼（Paolo Volponi）等。《文人》月刊以四開的小型報模式發行，是八〇年代義大利文化論戰的主戰場，艾可固定在第三版撰寫專欄。一九九六年出版的《文人月刊選集》（Alfabeta 1979-1988, Antologiadellarivista）序言寫道，《文人》月刊是「被激怒的、激怒人的、挖苦的、憤慨的、惡毒的、挑釁的，甚至蠻橫不講理的一本雜誌。深受愛戴，也深受憎恨，尤其是那些沒有跟《文人》合作的知識分子……重新閱讀它有助於體會今日是多麼欠缺那樣惹人厭的聲音。」二〇一〇年七月復刊。

2.. 璜娜茵內斯修女（Juana Inés de la Cruz, 1651-1695），墨西哥修女，拉丁美洲巴洛克時期傑出詩人，最著名的作品首推《答菲洛蒂亞修女函》(Respuesta a sorFilotea de la Cruz)，是以書信形式書寫的自傳作品，為自己探索知識的投入辯護，對柏布拉區主教Padre Vieyra指責她忽略聖經研讀加以反駁，更為女性受到歧視的不平等地位伸張正義。此文被視為「拉美女性知識的聖書」，而璜娜茵內斯也成為拉美女性主義的先驅。

3. 伯納德・莫爾萊(Bernardus Morlanensis，或譯「莫爾萊的伯納德」)，亦有研究認為其正確名字為伯納德・克呂尼（Bernardus Cluniacensis，或可譯為「克呂尼的伯納德」），生平不詳。咸認為他最初為法國南部阿尼安（Aniane）的修道院僧侶，後進入嚴格執行禁慾修行的克呂尼隱修院（Abbayede Cluny）修行。

4. 《鄙世論》（De contempt mundi），以三千多行的長詩嘲諷教會腐敗，對神父、修女、主教、僧侶，甚至對羅馬皆毫不留情大加撻伐，因此遲至一五五七年此詩文才被神學家弗喇秋（Matthias Flacius, 1520-1575）收錄至《教宗罪行錄》（Catalogustestiumveritatis, 1556）下集《教會腐敗揭密詩集》（Variadoctorumpiorumquevirorum de corrupto ecclesiae statupoemata）一書中印刷發行。

5. 維庸（François Villon, 1431-1474），中世紀末法國詩人，生活放蕩不羈，屢因傷害罪入獄，三十一歲遭巴黎放逐十年，從此下落不明。代表作有詩集《小遺言集》（Le lais）和《大遺言集》（Le testament）十六世紀法國詩人馬羅

（Clément Marot, 1497-1544）重新編輯出版其詩作，讓維庸得以在文壇綻放光芒。「去年白雪，如今安在？」語出〈古美人歌〉(Ballade des dames du temps jadis)。

6. 見【新譯本】譯註153。

7. 亞伯拉德舉「玫瑰為無物」（nullarosaest）為例，旨在說明即便有一天全世界的玫瑰都消失不見，「玫瑰」這個字詞的意義仍然存在。

8. 尼布甲尼撒（Nabuchodonosor, 634-562BC），新巴比倫王國最偉大的君王，將首都巴比倫建造成空中花園，摧毀了所羅門聖殿，也征服了猶大王國和耶路撒冷，放逐了猶太人。

9. 大流士大帝（Darius, 550-486BC），波斯阿契美尼德帝國君主，統一貨幣及度量衡，鑄造金幣，將版圖擴大至高加索山。

10. 塞魯士大帝（Cyrus, 600或576-530BC），創立波斯帝國，西元前五三九年攻佔巴比倫，兼併新巴比倫王國。

11. 軒轅，此處應指黃帝，中國神話人物，是漢民族祖先。

12. 雷慕路斯（Remulus, 771-717BC）及雷慕斯（Remus, 771-753BC），根據羅馬神話，他們是被篡位國王女兒兼神殿女祭司雷亞和戰神所生下的雙胞胎，本遭放入台伯河中淹死，但被母狼所救得以倖存，長大後兄弟為祖父報仇奪回王權，其中雷慕路斯於西元前七五三年四月二十一日建造了羅馬城，也是第一任國王。今日羅馬城內仍隨處可見母狼餵哺二幼兒的雕像，以紀念此一傳說。

13. 古希臘文、拉丁文詩的一種格律，跟食指指節一樣是一長兩短。

14. 《大衛・科波菲爾》（David Copperfield），台譯《塊肉餘生記》。

15. 《魯賓遜・克魯茲》（Robinson Crusoe），台譯《魯賓遜漂流記》。

16. 哈斯提涅（Eugene De Rastignac），從鄉下到巴黎讀法律，受到花都上流社會的誘惑，高老頭病逝後，促使他看清人性的虛偽無情，由原本的善良青年轉變為冷漠的野心家。

17. 沃德林（Vautrin，傅雷譯為伏脫冷），綽號「鬼上當」。典型中產階級的負面代表人物，為達目的不擇手段，也是促使哈斯提涅走向墮落的關鍵人物。

18. 《三劍客》（Les TroisMousquetaires）是指主人翁達太安（D'Artagnan）的三個劍客朋友。

19. 《菲爾摩和盧齊婭》（Fermo e Lucia）是義大利十九世紀重要文學作品《約婚夫婦》（I promessisposi）的前身，由曼佐尼（Alessandro Manzoni, 1785-1873）於一八二一年春天動筆，隔年九月完成。經刪減修潤，於一八二七年以《約婚夫婦》為書名出版初版本，後再作語言的調整修飾，於一八〇年出版定本，書中男主角名由菲爾摩改為羅蘭佐（Lorenzo），簡稱蘭佐。以十七世紀被西班牙占領的北義大利為背景，描述一對勞工階級的約婚夫婦，女方受地方仕紳覬覦從中阻撓婚事，兩人被迫分離，最後因瘟疫襲擊惡人喪命，約婚夫婦才得以重聚。書中對民間習俗、傳統、社會事件多所著墨，是義大利文學史上第一部歷史小說，也是十九世紀義大利民族統一復興運動醞釀期間，反映義大利人民反對異族侵略、爭取民族獨立和統一的重要作品。

20. 《雷蒙尼歐・波雷歐》（LemmonioBoreo, 1912），義大利作家、畫家索菲奇（ArdengoSoffici, 1879-1964）最具代表性的文學作品，有濃厚自傳色彩，主人翁雷蒙尼歐・波雷歐自詡為執法英雄，鼓吹以暴制暴，預告了作者的法西斯傾向。

21. 《盧貝》（Rubè, 1921），義大利作家柏哲瑟（Giuseppe Antonio Borgese, 1882-1952）的作品。盧貝原在律師事務所工作，前途不可限量，一次世界大戰爆發後志願從軍，受傷後心情沮喪，受上校女兒照顧，二人墜入情網，戰後結婚但感情不睦。盧貝在一次社會主義者抗議遊行中不幸遭法西斯警方馬匹撞死，社會主義者稱他是殉難捐軀，法西斯則稱他為光榮戰士。

22. 《梅特洛》（Metello, 1955），是義大利作家普拉托里尼（Vasco Pratolini, 1913-1991）《義大利故事》（Unastoriaitaliana）三部曲的第一部。梅特洛在農村長大後，到翡冷翠城裡找工作，因此參與了一八七五年到一九〇二年間的一連串罷工事件、社會運動和逐漸崛起的勞工運動，被時代巨浪推移、折磨、改造後，梅特洛由無意識的無產階級蛻變為有意識的勞工階級。

23. 《貝蒂表妹》（La Cousine Bette，一八四四年出版，或譯《貝姨》），法國作家巴爾札克（Honoré de Balzac, 1799-1850）的小說，描述面貌醜陋的貝蒂嫉妒表姊嫁入富裕人家，她雖然依附表姊生活，卻同時處心積慮破壞其家庭的故事。

24. 《巴里・林登》（The Luck ofBarry Lyndon, 1844），英國小說家威廉・梅克比斯・薩克萊（William Makepeace Thackeray, 1811-1863）的連載小說，描述來自愛爾蘭的年輕仕紳巴里一心想攀附英國上流社會，不惜以賭博、決鬥及色誘換得爵位。美國獨立戰爭爆發後，他組成軍團支援作戰，卻被指控在戰場上蓄意謀害繼子，在牢中度過餘生。小說由美國導演庫柏力克（Stanley Kubrick, 1928-1999）改編拍攝電影《亂世兒女》（Barry Lyndon, 1975）。

25. 《阿爾芒絲》（Armance, 1827），法國小說家斯湯達（Stendhal, 1783-1842）的

第一部長篇小說。法國復辟王朝時期的貴族青年奧克塔夫才華洋溢，對現實環境感到幻滅，而且身患隱疾，終日鬱鬱寡歡。與被家族收養的表妹阿爾芒絲情投意合，卻因種種誤會多次離合，二人克服困難結婚後，奧克塔夫卻誤信了他人對阿爾芒絲的誹謗憤而離家出走，在前往希臘途中服藥自盡。

26. 《湯姆・瓊斯》（Tom Jones），完整書名為《棄兒湯姆・瓊斯的歷史》（The History of Tom Jones, a Foundling），英國劇作家以及小說家亨利・菲爾丁（Henry Fielding, 1707-1754）的代表作品。描述棄兒湯姆被收養後，因與收養人外甥戀上同一女子蘇菲亞，屢遭後者讒言中傷而被逐出家門，來到倫敦後因打傷流氓而入獄，蘇菲亞為逃避父親逼婚來倫敦找他。後發現湯姆的真實身分是收養人妹妹的私生子，返回家門後成為舅舅的法定繼承人，並與蘇菲亞順利成婚。全書共十八冊，詳細描述了英國當時的社會生活全貌，被譽為英國十八世紀散文史詩之作。

27. 神秘玫瑰（rosamistica）為字面意義，在基督教神秘主義中，玫瑰因其美麗、芬芳、神秘與象徵愛情的紅色，指涉的是接下耶穌鮮血的聖杯，或認為玫瑰是耶穌鮮血的轉化，或是耶穌身上的傷口。玫瑰在中世紀也象徵貞女。告解室上方有光環圍繞的五瓣玫瑰則意味守密。

28. 出自法國詩人馬雷柏（François de Malherbe, 1555-1628）悼念友人愛女早逝的詩作〈Consolation à M. du Périer〉，原文如下：「Maiselleétait du monde où les plus belles choses/Ont le piredestin,/Et rose, elle a vécucequevivent les roses/L'espace d'un matin.」（世上最美的，命運也最坎坷。她是一朵玫瑰，和其他玫瑰一樣只盛開了一個早晨。）

29. 玫瑰戰爭（Wars of the Roses, 1455-1485），或譯薔薇戰爭，是蘭卡斯特家族和約克家族為英格蘭王位之爭纏鬥三十年的內戰。玫瑰戰爭之名為十六世紀莎士比亞《亨利六世》劇中摘下分別代表蘭、約家族的紅、白玫瑰宣告戰爭開始，因而流傳。

30. 旅居法國巴黎的美國女作家及詩人葛楚・絲坦（Gertrude Stein, 1874-1946）回答玫瑰定義為何的問題時說：「A rose is a rose is a rose is a rose is a rose……」。

31. 玫瑰十字是指中央有一朵玫瑰花的十字架，為近代歐洲基督教秘傳教團Rosenkreutzer的標誌，該教團傳說是由德國教士羅森克魯茲（CristianRosenkreuz）創建於十五世紀，最初僅八名成員，十七世紀始為人知，充滿神秘主義色彩，運用煉金術傳遞理念。

32. 應指義大利作家亞伯特・阿巴西諾（Alberto Arbasino, 1930- ）一九六〇年完成、一九六五年出版的《謝謝美好玫瑰》（Grazie per le magnifiche rose），書中記錄了世界上絕大多數的劇目，例如在雅典國家劇院以現代希臘語演出的所有希臘悲劇。艾可此處原句為grazie dellemagnifiche rose，與阿巴西諾書名略有出入，但根據艾可《談文學》（Sulla letteratura, 2002，中譯本見皇冠出版社）〈雨中的紅綠燈〉（Les sémaphores sous la pluie）一文談及該書時即誤植為"Grazie dellemagnifiche rose"，可推斷為延續前誤。

33. 「芬芳無比的清新玫瑰」（rosafrescaaulentissima）語出十三世紀西西里王國宮廷吟遊詩人齊耶洛・達卡莫（Cielod'Alcamo）的同名情詩，原文如下：「Rosafresca aulentissimach'apariinver' lastate/le donnetidisiano, pulzell' e maritate」（芬芳無比的清新玫瑰你隨夏日而來，少女及少婦莫不引頸企盼）。男子以「芬芳無比的清新玫瑰」稱呼他心儀的女子，因為玫瑰象徵所有女人渴求的女性魅力和愛情。

34. 卡貝（MireilleCalle Gruber），巴黎第三大學教授、作家。

35. 格雷馬斯（AlgirdasJulienGreimas, 1917-1992），法國結構主義符號學家，是符號學巴黎學派的核心人物。將敘事劃分為表層結構與深層結構，深層結構看似是由表層結構經「約簡」而來，其實在邏輯上是先於文本的，是敘事的原始表達形式。著有《結構語意學》（Sémantiquestructurale: recherche et method,

1966）、《論意義》（Du sens, 1970）、《符號學與社會科學》（Sémiotique et sciences sociales, 1976）等。

36. 吉內芙拉・邦皮亞尼（GinevraBompiani），義大利作家，父親為邦皮亞尼出版社負責人瓦倫提諾・邦皮亞尼（Valentino Bompiani, 1898-1992）。曾留學法國，任教錫耶納大學（Università di Siena），從事法文翻譯。二〇〇二年與友人成立夜間出版社（Nottetempo）。

37. 拉斯・古斯塔弗森（Lars Gustaffson, 1936- ），瑞典作家、詩人，曾擔任文學雜誌BLM （BonniersLitteräraMagasin）主編、社長；一九八六年獲頒法國藝術及文學勳章（Ordre des Arts et des Lettres）。

38. 見【新譯本】譯註193。

39. 拉馬丁（Alphonse Marie Louise Prat de Lamartine, 1793-1869），是法國浪漫主義文學的先驅，詩作雖然語言樸素但注重抒發內心感受，與法國文壇三百多年來的理性、壓抑風格背道而馳。有感於戀人驟然離世的無常，他第一部作品《沉思集》（Les Méditations, 1820）悲嘆愛情、時光及生命的流逝，認為人生是失落與痛苦的根源，一切希望只能寄託於對天堂的幻想，或向大自然尋求慰藉，一舉成名。

40. 隆達尼尼聖殤像（Pietà Rondanini）是米開朗基羅於一五五二年至一五五三年間的大理石雕像作品，自一五五五年至一五六四年再進行第二次修整，可說是他生前最後一個作品。保存在米蘭斯佛爾扎古堡（Castello Sforzesco）博物館內。

41. 瓦薩里（Giorgio Vasari, 1511-1574），義大利畫家、建築師、藝術史家，受米開朗基羅影響甚深。多為翡冷翠的梅迪契家族效力，烏菲茲美術館（Galleria degli Uffizi）即為他的建築作品。

42. 葛倫諾夫（Horatio Greenough, 1805-1852），美國雕刻家，曾留學義大利，最知名作品為紀念美國國父華盛頓一百週年誕辰、仿希臘宙斯神像所雕刻的華盛頓坐像。

43. 柯普蘭（Aaron Coplan, 1900-1990），美國古典音樂作曲家、指揮家和鋼琴家。

44. 歐菲拉（Mathieu Joseph Bonaventure Orfila, 1787-1853），西班牙裔法國毒理學家，被稱為現代毒理學之父。

45. 于斯曼（Joris Karl Huysmans, 1848-1907），法國作家。一八八〇年代與左拉、莫泊桑、福樓拜、龔固爾是為「五人小組」，共同主張自然主義文學。之後改變書寫風格，一八八四年出版《逆天》（À rebours），對後世頹廢派小說發展影響甚大。

46. 《深淵》（Là-bas, 1891）。巴黎作家杜陶著手調查十五世紀研究煉金術及黑巫術，虐殺上百名兒童的吉爾德・萊斯男爵（Gilles de Rais, 1404-1440），讓相信撒旦存在的尚媞露夫人對他傾心不已，變成杜陶的情婦，兩人進而發現在巴黎仍持續秘密進行撒旦獻祭儀式，與友人對神秘學、天文學、靈學及巫術有大篇幅討論。

47. 《宣言報》（Il manifesto），創辦於一九六九年，由出身義大利共產黨的知青、記者以「合作社」制度集體辦報，同時兼任勞資雙方，立場左傾，但不屬於任何政黨。艾可也曾為該報撰寫專欄。

48. 《聖托馬斯・阿奎那的美學問題》（Il problemaestetico in San Tommaso），Edizione di Filosofia出版社。修訂版由邦皮亞尼於一九七〇年出版。

49. 《界定藝術》（La definizionedell'arte），Mursia出版社。

50. 《開放的作品》（Opera aperta），但是一九七一年第三版已將討論喬埃斯一文刪去，另獨立出書。

51. 〈默示錄〉是《新約聖經》最後一個作品，傳統上認為執筆者為耶穌宗徒約翰，於西元九十六年完成。揭示世界末日來臨前人類將面臨接二連三的災難，最終來到的則是最後審判。一般譯為〈啟示錄〉，此書遵照思高聖經學會民國八十九年出版之千禧版譯名。

52. 見【新譯本】譯註176。

53. 於一九七三年出版《北亞托・德・列瓦納》（Beato di Liébana），Franco Maria Ricci出版社。

54. 見譯註52、53。

55. 義大利藏書家法蘭克・瑪莉亞・李奇（Franco Maria Ricci, 1937- ）創辦之同名出版社。

56. 《邏輯學概要》（Summulae logicales），十三世紀中葉重要的邏輯學著作，原名為《講道集》（Tractatus）。作者為佩圖魯斯・西斯潘努斯（Petrus Hispanus），咸以「伊比利的彼得」名之，真實身分不詳，有人認為他便是日後的教宗若望二十一世（Giovanni XXI, 1215-1277）。

57. 麥稈街（VicodegliStrami），指巴黎大學神學院所在的Ruede Fouarre，其名源自早年神學院並未準備椅凳，學生紛紛自備麥稈草墊席地而坐。

58. 見【新譯本】譯註80。

59. 見【新譯本】譯註61。

60. 見【新譯本】譯註55。

61. 英國作家喬治・威爾斯（Herbert George Wells, 1866-1946）於一八九六年出版的小說《人魔島》（The Island of Dr. Moreau，也譯《莫羅博士之島》），描述莫羅博士在小島上進行人類與動物基因結合的工程，製造半人半獸的怪物，一次手術失敗後，博士被猛獸攻擊死亡，其他怪物也逐漸恢復動物原形。

62. 動物寓言集（bestiario），中世紀獨有的一種文本，以圖文方式描述已知或未知的動物，多加入勸世文或參涉聖經文字。這類文本的原本是二至四世紀在埃及亞歷山大城編纂而成、作者不詳的《自然學》（Physiologus），藉由詮釋動物特性，以隱喻或呼應宗教題旨（例如，獅子為萬獸之王，因此代表耶穌）。

63. 歐坦（Autun），法國中部小鎮。

64. 克利夫修士（Denis Grivot, 1921-2008），是歐坦主教堂（Cathédrale Saint-Lazared'Autun）副院長，專精研究興建於十二世紀的主教堂雕刻藝術作品，著有三十多本書，如《歐坦主教堂之獸》（Le Bestiaire de la Cathédraled'Autun, 1954）、《歐坦主教堂的魔鬼》（Le Diabledans la cathédrale, 1960）、《默示錄圖像》（Images de l'Apocalypse, 1977）、《天使與惡魔之像》（Images d'anges et de demons, 1981）等。

65. 穆瓦薩克（Moissac），法國南部小鎮。

66. 見新約聖經〈默示錄〉第四章「寶座周圍還有二十四個寶座，寶座上坐著二十四個長老」，乃指舊約聖經中的十二位聖祖和新約聖經中的十二位宗徒，以代表全教會。

67. 比德（Bede, 672-735），英國僧侶、史學家、真福聖人，著作甚豐，其中最著名的作品為《盎格魯人教會史》（HistoriaecclesiasticagentisAnglorum, 731），記錄從凱撒到西元七三一年為止的英國教會史及英國歷史，也記錄所有參考資料出處，建立了重要的歷史鎖鏈。

68. 見【新譯本】譯註51。

69. 索緒爾（Ferdinand de Saussure, 1857-1913），瑞士語言學家，為現代語言學之父，認為語言是奠基在符號與意義上的一門科學，並將符號分為符旨和符徵，奠定了符號學的基本理論。

70. 《布倫丹朝聖之旅》（Peregrinatio Sancti Brandani），一般稱為《布倫丹遊記》（NavigatiosanctiBrendani），作者不詳，西元十世紀開始流傳的一份手稿，記載愛爾蘭本篤會修士布倫丹（Saint Brendan of Clonfert, 484-577）率領一群僧侶乘船在大西洋尋找「上帝應允之地」的美麗島嶼，途中經歷了許多奇幻之事，被視為中世紀聖徒傳記及旅行文學的代表作。

71. 《凱爾經》，或譯《凱爾書卷》（Book of Kells）。西元九世紀左右由愛爾蘭隱修士繪製完成的拉丁文泥金裝飾手抄本，內容為新約聖經的馬太、馬可、路加、約翰四部福音書。有豐富且精美的插圖，代表了海島藝術的高峰，也被認為是愛爾蘭最珍貴的國寶文物。因中世紀長時間存放於愛爾蘭米斯郡（County Meath）的凱爾修道院，故得其名。現存於都柏林三一學院圖書館。

72. 凱爾特族（Celts），鐵器時期在中歐活動、使用凱爾特語的族群。羅馬帝國時期西遷不列顛群島，可說是不列顛的「土著」民族。與西元五、六世紀自北歐入侵的盎格魯人、撒克遜人經長時間融合，是為近代歷史的英格蘭人。

73. 隱喻複合詞（kenning，複數型態是kenningar），常見於古英語、古德語。祖母是英國人的波赫士著有專文〈隱喻複合詞〉（Las kenningar），收錄於散文集《永恆的歷史》（La historia de la eteridad, 1936）中；也在一九六七至六八年間應美國哈佛大學諾頓講座之邀所做六場演講的第二講陳述他對隱喻的看法，以盎格魯撒克遜文學中將大海稱為「巨鯨之路」為例，讚譽隱喻複合詞為偉大發明（《波赫士談詩論藝》，時報文化出版，二〇〇一年）。

74. 波赫士（Jorge Luis Borges, 1899-1986），阿根廷作家、詩人，咸認為是二十世紀最重要、影響最深遠的拉丁美洲作家。曾在圖書館工作多年，一九五五年獲任命擔任阿根廷國家圖書館館長。因遺傳性眼疾，雙目失明。

75. 見【新譯本】譯註160。

76. 阿里奧斯托（Ludovico Ariosto, 1474-1533），義大利文藝復興詩人，著有《瘋狂的奧蘭多》（Orlando Furioso）。

77. 弗朗索瓦・拉伯雷（François Rabelais, 1493-1553），法國文藝復興時期作家，人文主義代表人物。著有《巨人傳》（Pantagruel），共五集，一五三二年開始陸續出版，取材於通俗的傳奇文學、喜劇、鬧劇和中世紀的騎士文學，因反教會、反封建思想，在當時被列為禁書，拉伯雷以本名重新排列組合後的AlcofribasNasier做為筆名出版。

78. 馬可・費雷利（Marco Ferreri, 1928-1997），義大利人，身兼導演、編劇、演員、製片多職，作品《微笑之家》描述安養院兩個老人的黃昏之戀，獲得一九九一年柏林影展金熊獎。

79. 見【新譯本】譯註34。

80. 見【新譯本】譯註50。

81. 見譯註6。

82. 見【新譯本】譯註35。

83. 根據聖經〈默示錄〉所言，「第二位天使一吹號角，就好像有一座燃著火的大山，投入海中，於是海的三分之一便成了血……」。

84. 桑塔康傑立（Paolo Santarcangeli, 1909-1995），義大利詩人、作家，也是匈牙利語言、文學專家。諸多著作中有《迷宮之書》（Il librodeiLabirinti），初版日期為一九六七年，一九八四年版增艾可序言。

85. 如大腦皮層向外突出的「回」形空間。

86. 中國最早的火柴便是在小木棒前端塗抹硫磺，一般認為歐洲硫磺火柴之始極可能是歐洲旅人從中國帶回來的。

87. 指城堡牆上狹小開口，防禦者遭遇攻擊時藉以掩蔽並反擊之用。

88. 內韻是指詩中兩個句子之間相同的韻。

89. 阿嘉莎・克莉絲蒂（Agata Christie, 1890-1976），英國偵探小說家，大部分作品都曾搬上銀幕，例如《東方快車謀殺案》、《尼羅河謀殺案》等。有「偵探小說之后」美譽。

90. 見【新譯本】譯註115。

91. 《浮士德博士》（Doktor Faustus, 1947）為德國作家湯瑪斯曼的作品，該書副標題為〈朋友口述的德國作曲家阿德里安・萊韋區恩生平〉（Das Leben des

deutschenTonsetzers Adrian Leverkühn, erzählt von einemFreunde），采特勃洛姆是書中主角的兒時同伴，透過他從小到老的記憶口述，記錄下萊韋區恩的一生。

92. 法國作家普魯斯特在《追憶似水年華》以馬塞爾第一人稱「我」為敘事者，第一卷中瑪德蓮小蛋糕沾了茶吃的滋味讓他想起童年時光，因此瑪德蓮小蛋糕和椴樹茶便成為「敘事者——我」努力找回失去時光進而寫作的重要符號。

93. 亞倫·的·里爾（Alain de Lille，亦有人以Alain de L'Isle稱之，1120-1202），生平不詳。法國經院哲學家、神學家，熙都會會士，被稱為「百曉博士」（Doctor Universalis）。「對大自然的讚頌」指里爾完成於一一六〇年左右的《自然的悲嘆》（De Planctu Naturae）一書，以散文與詩說明自然如何彰顯自己的地位在天主之下。

94. 隱語法（preterizione），在修辭學上指意圖避談某事，卻反而在提及的時候突顯了其重要性，如現代口語中「就別提你父母為你做的種種犧牲了」。

95. 薩格里（Emilio Salgari, 1862-1911），義大利知名小說家，被譽為義大利科幻小說先驅，也是義大利最重要的探險小說作家，包括馬來西亞海盜系列小說、安地列斯群島海盜系列小說、百慕達海盜系列小說等。多部作品被搬上銀幕。

96. 語出義大利桂冠詩人佩脫拉克（Francesco Petrarca, 1304-1374）《歌集》

（Canzoniere）中的〈給義大利〉（All'Italia）：「Cesaretaccioche per ognipiaggia / face l'erbesanguigne / di lorvene, ove 'l nostroferromise」（無須提及凱撒所到之處／兵器落下，他人的血／便染紅草原）。詩人以羅馬帝國曾經擁有的榮光，提醒王公貴族莫再坐視祖國分崩離析，人民心中無不期盼和平，渴望見到義大利成為偉大而高貴的國家。《歌集》共收錄了佩脫拉克以通俗語書寫的三百六十六首詩。

97. 《快訊》週刊（L'Espresso）創刊於一九五五年，是談政治、經濟與文化的綜合雜誌。艾可是固定撰稿人，自一九八五年起開闢專欄《智慧女神的魔法袋》，以嬉笑怒罵口吻評社會時事、議政治亂象、談歷史爭議。《帶著鮭魚去旅行》（Il secondo diariominimo）和《智慧女神的魔法袋》（La bustina di Minerva）兩本雜文集都出自《快訊》專欄文章。

98. 編年史（cronaca）指根據年代順序所做的歷史陳述，通常描述一個國家的歷史事件或貴族及教會人士的生活，不予分析評論，也不探究因果。自十八世紀起，編年史與日記體逐漸混淆，而今日義大利報紙的「地方新聞版」也沿用同一字。

99. 十一音節（endedasillabo），指每一詩行十一個音節，每行最末的重音落在第十個音節，是義大利詩歌常用的格律。

100. 三韻格（三韻格，terzarima），指三行詩隔句押韻，為但丁自創的押韻方式，每三行自成單元，每一單元第一行與第三行同韻，第二行則與前一單元第三行、後一單元第一行同韻，形成aba、bcb、cdc的韻格。詳細說明參見黃國彬譯註，《神曲——地獄篇》，譯本前言第四十二頁（九歌出版社，二〇〇三年）。

101. 兒童郵報（CorrieredeiPiccoli），是義大利第一本漫畫週刊，除本土漫畫作品外，也引入美國漫畫，但將原始的對話雲框改放在圖框下方，以兩兩押韻（aabb）的童謠韻文方式呈現。

102. 「那可憐的姑娘回話了」（La sventuratarispose），出自曼佐尼小說《約婚夫婦》（參見譯註19）第十章，描述親王之女吉爾德魯黛因父親欲將所有家產都交由長子繼承，被迫進入修道院出家修行，鬱鬱寡歡的她被住處與修道院相鄰的惡棍埃吉迪歐相中，二人私通款曲，從此陷入更悲慘的命運。最早的版本中曼佐尼對兩人關係作了十分露骨的描述，但顧及社會風俗恐難接受，且對劇情發展並非必要，後全數刪除，僅保留這一句，然「可憐的姑娘」一詞已說明吉爾德魯黛的下場，而「回話了」則意指所有後果是她咎由自取。這句委婉之言可說是義大利文學史上最著名的一句話。

103. 「永別了群山」（Addio, monti）出自《約婚夫婦》第八章末，女主角盧齊婭跟未婚夫為逃避惡霸欺凌，乘船離開家鄉時以兩大段文字描述眼前風景，反映了盧齊婭不捨與惆悵的心情。

104. 隆巴第（Lombardia），今義大利北部省分，省會是米蘭。曼佐尼《約婚夫婦》的故事背景。

105. 〈雅歌〉，舊約聖經中的短篇書卷，又稱為「歌中之歌」或「頌歌」（Canticodeicantichi），描寫不同層面的人世間愛情。傳統認為該書作者為所羅門王，因第一節原譯為「所羅門之歌，歌中雅歌」，但後來欽定譯本改為「歌中之歌，屬所羅門」，因此亦可理解為該書是為所羅門而寫的，作者則不明。

106. 喬凡尼・德・費康（Giovanni di Fécamp, 990-1078），生平不詳。本篤會修士，與聖伯爾納鐸的靈修路線不同。深受聖人威廉・達・沃皮亞諾（Guglielmo da Volpiano, 962-1031）器重，在沃皮亞諾後繼任費康修道院院長一職，是中世紀天主教會中重要的改革勢力之一。

107. 聖赫德嘉・馮・賓根（Hildegard von Bingen, 1098-1179），中世紀德國神學家、音樂家、作家、女修道院院長。記錄下自己的靈視現象，成《認識主道》

（Scivias, 1153）一書，以特有的女性觀點記述兩性歡愉。她的音樂作品最為人所熟知，其中清唱劇《美德典律》（OrdoVirtutum）全由女聲組成，唯一的男聲為魔鬼。

108. 《本事中的讀者》（Lector in fabula），一九七九年，邦皮亞尼出版社。「本事」（fabula）是指文學和電影作品按照邏輯及線性時間發展的故事。另有「情節」（intreccio），則指作者為某些敘事效果而另做結構安排的故事。

109. 《開放的作品》（Opera aperta），一九六二年，邦皮亞尼出版社。

110. 關於典型讀者/經驗讀者論述，可參見艾可一九九二—九三年間接受哈佛大學諾頓講座邀請六場演講稿整理出版的《悠遊小說林》（Seipasseggiateneiboschinarrative, 1994, Bompiani），中譯本時報文化出版，黃寤蘭譯，二〇〇〇年。

111. 塞繆爾．里查森（Samuel Richardson, 1689-1761），英國印刷商、小說家。寫作起步較晚，五十歲才發表第一部小說《帕梅拉》（Pamela, or Virtue Rewarded, 1740），對社會環境和人物心理有細膩描述，引起廣大共鳴。

112. 亨利．菲爾丁（Henry Fielding, 1707-1754），英國小說家、劇作家，代表作《棄兒湯姆．瓊斯的故事》（The History of Tom Jones, a Foundling, 1749）描述英國社會的全貌，並表現出善必勝惡的人道主義理想。

113. 笛福（Daniel Defoe, 1660-1731），英國小說家、記者。代表作《魯賓遜漂流記》（Robinson Crusoe, 1719）是第一部以日記型式寫成的英文小說，也被認為是英國第一部寫實主義小說。

114. 諾斯德拉達姆斯（Mostradamus. 1503-1566），法國籍猶太裔預言家、星象學家，精通希伯來文、希臘文，著有《百詩集》（Les prophéties, 1555），預言後世重大事件如法國大革命、希特勒崛起，及飛機、原子彈等重要發明。

115. 《阿德希》（Adelchi），曼佐尼於一八二二年出版的悲劇歷史小說，描述西元八世紀倫巴底國王迪西德里烏斯（Desiderius）與女婿查理曼大帝爆發戰爭衝突，儘管倫巴底王子阿德希內心渴望和平，卻依然奮不顧身奔赴沙場，並在臨死前請求查理曼大帝寬恕獄中父王。

116. 達澤由（Massimo d’Azeglio, 1798-1866），義大利政治家、畫家及作家。曾於一八四九至一八五二年間擔任義大利王國前身薩丁尼亞王國首相。小說《艾托雷．費拉莫斯卡。巴雷塔決鬥》（Ettore Fieramosca, o la fisfida di Barletta, 1883）描述一五〇三年法軍進攻由西班牙佔領的義大利領土被俘，獄中譏笑義大利騎兵怯懦，因此在二月十三日由艾托雷．費拉莫斯卡領軍的義大利與法國各派十三名騎士決鬥的故事。

117. 貴拉茲（Francesco DomenicoGuerrazzi, 1804-1873），出身中產階級，在義大利統一復興運動期間積極參與政治活動，也從事文學創作。著有歷史小說四部曲，最知名的是《貝內文托之役》（La battaglia di Benevento, 1827）及《翡冷翠圍城》（L'assedio di Firenze, 1863）。

118. 康杜（CesareCantù, 1804-1895），義大利歷史學家、政治家及作家。一八六一年義大利統一後擔任國會議員，創辦隆巴第歷史文獻中心（Archiviostoricolombardo）。作品包括《十七世紀的隆巴第》（La Lombardianelsecolo XVII, 1832）、《帕里尼修道院院長和過去的隆巴第》（L'AbateParini e la Lombardianelsecolopassato, 1854）、《義大利異教徒》（Gliereticid'Italia, 1985）和共二十冊的《宇宙史》（Storiauniversale, 1840-1847）。

119. 大木偶劇場（Le Grand Guignol），位於法國巴黎，一八九七年由Oscar Méténier創辦，一九六二年因驚悚電影興起而結束營業，專門演出暴力血腥戲劇，劇情鋪陳往往著重於殺害無辜、復仇等真實案例，打破社會禁忌。

120. 忒修斯是希臘神話中的雅典王子，為免定期進貢童男童女供戰勝國克里特的迷宮怪物米諾陶洛斯食用，自告奮勇前去殺敵。克里特公主阿里阿德涅愛上他，給忒修斯一個線團，協助他殺死怪物後離開迷宮。

121. 反覆試驗法（trial-and-error process），或稱「嘗試錯誤法」，選擇可能解法應用在待解問題上，經驗證後如果失敗，則換另一可能解法繼續嘗試，直到問題解開為止。與使用洞察力和理論推演的方法相反，是簡易解題法。

122. 德勒茲（Gilles Louis René Deleuze, 1925-1995），法國哲學家，主要研究包括心理分析、疆域美學、影像符號等，稱自己的哲學為「先驗經驗主義」。著有《經驗主義與主體性》（Empirisme et subjectivité, 1953）、《尼采與哲學》（Nietzsche et la philosophie, 1962）、《康德的批判哲學》（La philosophie critique de Kant, 1963）、《普魯斯特與符號》（Proust et les signes, 1964）、《差異與重複》（Différence et répétition, 1968）等。

123. 瓜達里（Pierre-Félix Guattari, 1930-1992），法國心理學家、符號學家。與德勒茲合作著有《反俄狄浦斯》（Anti-Œdipus, 1972）、《卡夫卡：邁向少數文學》（Kafka, pour unelittératuremineure, 1975）、《千山台》（Mille Plateaux, 1980）及《何謂哲學》（Qu'est-ceque la philosophie, 1991）。提出精神分裂分析概念以討論佛洛伊德的精神分析學理論，也研究生態智慧。

124. 經濟人（homo oeconomicus），最早由英國經濟學家亞當·史密斯（Adam

Smith）提出，認為人的一切行為都源自於經濟誘因，以滿足自己的利益，工作是為了獲得經濟報酬。常用於經濟學及某些心理學分析的基本假設。

125. 卡洛琳娜・伊韋尼茲歐（Carolina Invernizio, 1851-1916），義大利十八世紀末、十九世紀初最受歡迎的連載小說女作家。作品情感濃郁、愛恨交織、人物善惡分明，夾雜神秘、驚悚色彩，廣受讀者喜愛，但專業負評不斷。

126. Gruppo 63（63團體）是一九六三年十月義大利西西里島索倫托（Solunto）一場研討會結束後，對文學創作始終無法擺脫五〇年代類型文學包袱而大加撻伐的年輕文人在巴勒摩成立的新前衛團體。團體成員有詩人、作家、評論家、學者，致力於突破傳統，實驗新的表達形式，沒有規章或宣言，強調全面的創作自由。主要影響力局限於義大利文學圈。最為人所熟知的成員之一是安伯托・艾可。

127. 十九世紀的義大利文學陷入古典主義和浪漫主義的論戰，在復興運動統一戰爭期間則多是愛國主義、國族主義路線的創作，隨後則受到頹廢主義和自然主義文學影響。

128. 蘭佩杜薩（Giuseppe Tomasi di Lampedusa, 1896-1957），義大利西西里作家，蘭佩度薩親王十一世、帕瑪公爵十世。唯一一部小說《豹》（Il Gattopardo,

1958），描述義大利統一戰爭期間貴族階級面臨局勢轉變、傳統價值崩解的失落無奈，有濃厚的家族傳記色彩，在他過世後出版。該書獲頒一九五九年斯特雷加文學獎（PremioStrega），一九六三年由導演維斯康提（Luchino Visconti）改編拍成電影《浩氣蓋山河》。

129. 巴薩尼（Giorgio Bassani, 1916-2000），義大利籍猶太裔作家、詩人。曾擔任文學期刊《黑店》（BottegheOscure）主編，引介風格迥異的外國作家；擔任Feltrinelli出版社總編輯期間，出版了蘭佩杜薩的《豹》。一九六二年的教育小說《芬茲——康提尼家的花園》（Il giardinodeiFinzi-Contini）透過一個少年的回憶，紀錄法西斯時期一個中產階級猶太家族的悲劇命運，贏得維亞雷久文學獎（Premio Viareggio）。曾任義大利國家電視台ＲＡＩ董事長、威尼斯影展主席。

130. 卡索拉（Carlo Cassola, 1917-1987），義大利作家。一九六〇年出版的《布貝的女友》（La ragazza di Bube）以少男少女的愛情故事為背景描述二次大戰末期對抗納粹的義大利社會、政治氛圍，贏得斯特雷加文學獎，也可說是他文學生涯的代表作。雖然在新寫實主義時期崛起，但他說自己是「……寫實作家，因為我熱愛真實，不願違背真實。因為我熱愛我的時代。因為我沒有一個屬於我的神話，如果有，那也是跟現代世界緊密連結的神話。如果非得給我貼上一個標籤，儘管說我理想化吧。任何其他標籤，我都拒絕。」人生和幸福是他的創作主題，語彙簡單平實。

131. 菲特里內利出版社（FeltrinelliEditore），一九五四年由強賈克莫・菲特里內利（GiangiacomoFeltrinelli）在義大利米蘭創辦。「用書改變世界，用書對抗不公」是出版社成立宗旨。

132. 雷納托・巴利里（Renato Barilli, 1935 - ），義大利文學、藝術評論家。Gruppo 63成員，任教於波隆尼亞大學（Università di Bologna），擔任視覺藝術系主任，教授風格現象學。研究專攻當代及後現代藝術與文學。

133. 新小說（Nouveau Roman）是二十世紀五〇、六〇年代盛行於法國文學界的一種小說創作流派。受心理分析學和現象主義影響，繼承了意識流小說、超寫實主義的觀點，宣告要與十九世紀以巴爾札克為代表的寫實主義小說傳統絕裂，探索新的小說形式和語言，也稱為「反傳統小說」。

134. 羅伯・格里耶（Alain Robbe-Grillet, 1922-2008），法國作家、電影編劇及導演，新小說代表人物之一。一九五三年出版的第一部小說《橡皮》（Les Gommes）即獲得羅蘭巴特好評。一九五五年出版《窺視者》(Le Voyeur)後擔任子夜出版社（Les Éditions de Minuit）文學顧問。以幾何、重複描述物品的敘事手法代替人物的心理狀態，情節發展被拆解，如同一幅立體主義繪畫，讀者必須循線逐步建構故事及情緒。電影劇本有《去年在馬倫巴》（L'annéedernière à Marienbad）。

135. 鈞特・葛拉斯(Günter Grass, 1927 -)，德國作家，一九九九年諾貝爾文學獎得主。一九五九年出版第一部長篇小說《錫鼓》（Die Blechtrommel），和《貓與鼠》（Katz und Maus, 1961）、《狗年月》（Hundejahre, 1963）被稱為「但澤三部曲」，揭露納粹時期社會的殘暴與腐敗。以隱喻或轉喻手法呈現德國文化及社會面貌，常觸及傳統禁忌話題。小說作品還有《消逝的德國人》（Kopfgeburtenoder Die Deutschensterbenaus, 1980）、《蟹行》（ImKrebsgang, 2002）等。

136. 托馬斯・品欽（Thomas Ruggles Pynchon, 1937 - ），美國後現代主義作家。作品晦澀難懂，構思奇特，嘗試各種實驗，內容涵蓋人文、社會、科學等範疇，被認為是「百科全書小說家」及「歇斯底里的現實主義作家」。著有《V.》（V., 1963）、《拍賣第四九批》（The Crying of Lot 49, 1966）、《萬有引力之虹》（Gravity's Rainbow, 1973）、《葡萄園》（Vineland, 1990）和《梅森與狄克遜》（Mason & Dixon, 1997）等。

137. 約翰・巴思（John Barth, 1930 - ），美國後現代、後設小說的重要代表人物。著有《漂浮的歌劇》（The Floating Opera, 1956）、《窮途末路》（The End of the Road, 1958）、《喀邁拉》（Chimera, 1972）等，結合嘲諷、幽默、哲理，獨樹一格。

138. 雷蒙・盧塞爾（Raymond Roussel, 1877-1933），法國超現實主義作家、劇作家、詩人。被認為是後形而上學（pataphysics）的精神領袖，他的想像力是「數學家的激情與詩人的推理的結合」。善於將押韻、讀音極為相似的兩個句子放在一起，讓語意在讀者眼前產生分裂，利用同音異義詞的組合作文學創作，在世的時候作品受到冷落。一九六五年傅柯（Michel Foucault）以專書《雷蒙・盧塞爾》討論他。著有《非洲印象》（Impressions d'Afrique,1910）、《洛居・索呂》（Locus Solus,1914）、《額頭上的星星》（L'Étoile au front,1925）等。

139. 朱爾・凡爾納（Jules Verne, 1828-1905），法國小說家、博物學家，著有《地心歷險記》（Voyage au centre de la Terre, 1864）、《海底兩萬里》（Vingt mille lieues sous les mers, 1870）、《環遊世界八十天》（Le tour du monde en quatre-vingt jours, 1873）等，首開現代科幻小說創作之先河。

140. 巴魯克洛（Gianfranco Baruchello, 1924 - ），義大利知名藝術家，擅長於實驗藝

術技術和語彙，曾受教於法國藝術家杜象（Marcel Duchamp），思想接近德勒茲。實驗的對象包括繪畫、電影、書籍、攝影，不斷顛覆既有規範，提出新的傳播工具，被稱為「外——媒介」。一九九八年成立巴魯克洛基金會。

141. 葛里菲（Alberto Grifi, 1938-2007），義大利導演、畫家，義大利實驗電影的代表人物之一。

142.《不明確的檢驗》（Verificaincerta）於一九六五年在巴勒摩現代藝廊舉行的國際視覺藝術展：歐洲客觀藝術文件大展（Revort 1 - Documentid'ArteOggettiva in Europa - RassegnaInternazionaled'ArtiVisive）上舉行首映，巴魯克洛以買來的五〇年代美國好萊塢商業電影片段用膠帶黏接拼貼完成的組合式電影。

143. 馬里內蒂（FilippoTommaso Marinetti, 1876-1944），義大利詩人、作家、劇作家，被稱為義大利未來主義（Futurismo）之父，也是義大利二十世紀第一位前衛主義文人。一九〇九年二月他先在義大利數家報上發表未來主義宣言，隨後在巴黎費加洛報上刊登，向國際發聲。宣言共十一項要點，旨在讓義大利「破舊」，讓它的藝術及社會革新。「我們要歌頌對危險的熱愛……我們堅信美好的世界因一種新的美而更豐富：速度之美……爭鬥之美最美……詩應被視為是對抗未知力量，使其臣服於人類的武器……我們要歌頌戰爭，它是淨化世界的唯一方式……我們要摧毀所有博物館、圖書館和學院……我們走到了世紀以來最陡峭的懸崖邊！若我們要突破神秘的未知，又何須防患未然？」未來主義並非只針對藝術，而是一種生活態度。為了實踐理念，馬里內蒂聚集了一群文化、社會背景不同的未來主義藝術家在身邊，包括薄丘尼(Umberto Boccioni, 1882-1916)、卡拉(Carlo Carrà, 1881-1966G)、瑟維里尼(Gino Severini, 1883-1966)、巴拉(Giacomo Balla, 1871-1958)及盧索羅(Luigi Russolo, 1883-1947)，共同享有「創始之父」稱號。一九一〇年這群藝術家共同簽署了《未來主義畫家宣言》，隨後再簽署《未來主義繪畫技法宣言》。

144. 未來主義是義大利二十世紀的藝術及文化運動，探討不同藝術形式如繪畫、雕刻、文學、音樂、建築、戲劇等顛覆傳統的表達手法。一九一一年馬里內蒂及未來主義藝術家發表《未來主義劇作家宣言》，認為表演藝術應該被視為「最具代表性、最有意義的生活之綜合」，未來主義劇場是反學院的，強調原始、坦率，要打倒莊嚴、神聖、嚴肅、昇華的表演，用生理瘋狂對抗心理，用荒謬對抗邏輯，用挑釁態度面對大眾。馬里內蒂對觀眾朗讀各種未來主義宣言、詩作，一邊灌輸大眾未來主義理念，一邊激怒觀眾，最後往往要靠警力介入將觀眾趨離劇場，並逮捕劇作家，結束表演。

145. 亨利・浦瑟爾（Henri Pousseur, 1929-2009），比利時當代音樂作曲家，曾任教於列日皇家音樂學院，創辦位於巴黎的音樂教育學院（Institut de pédagogie musicale），是五〇年代前衛音樂的代表人物之一。

146. 凱西・柏貝里安（Cathy Berberian, 1925-1983），美國歌唱家，丈夫是義大利戰後最重要的前衛音樂、電子音樂作曲家貝里奧（Luciano Berio, 1925-2003）。柏貝里安是二十世紀中葉後當代音樂的代表女聲，擅長以自由的藝術風格詮釋古典及流行音樂。七〇年代初在米蘭舉行的一場音樂會名為《從蒙特威爾第到披頭四》（Da Monteverdi ai Beatles）。

147. 普塞爾（Henry Purcell, 1659-1698），英國巴洛克時期作曲家，在他短短三十幾年生命中，寫了為數眾多的樂曲，包括為合唱團而寫的小卡農、為教堂而作的大型讚美詩歌(Anthem)及歌劇作品如《迪多與安妮亞》（Dido And Aeneas）、《女先知》（Dioclesian）、《仙后》（The Fairy Queen）、《亞瑟王》（King Arthur）、《伊底帕斯》（Oedipus）和《暴風雨》（The Tempest）。任職宮廷作曲家時，寫了很多合唱、獨唱曲，也有管絃樂團伴奏演唱的頌歌（Odes），例如迎賓曲、生日頌和聖伽琪莉雅日頌（St. Cecilians Day），影響了後來韓德爾的合唱曲。芬蘭鋼琴家伊格納齊・弗利德曼（Ignaz Friedman, 1882-1948）認為他與巴哈、貝多芬齊名。

148. 蒙特威爾第（Claudio Giovanni Antonio Monteverdi, 1567-1643），義大利早期巴洛克作曲家，威尼斯聖馬可大教堂合唱團老師。以牧歌及歌劇創作傳世，至今完整保留下來的歌劇作品有《奧菲歐》（L'Orfeo）、《尤利西斯還鄉》（Il ritornod'Ulisse in patria）與《波佩阿的加冕》（L'incoronazione di Poppea）。有人稱他為現代歌劇之父。

149. 薩蒂（Erik Satie, 1866-1925），法國作曲家、鋼琴家。音樂風格獨特創新，刪去了樂譜上的小節線讓旋律節奏更為自由，增添飄忽的流動感。一八八八年創作鋼琴曲《裸體歌舞》（Gymnopédies），影響另一位法國作曲家德布西（Achille-Claude Debussy, 1862-1918）從象徵主義走向印象主義。另有其他青年音樂家團體《六人團》（Les Six）亦以薩蒂為師，倡導簡潔鮮明的音樂路線。

150. 《情節回歸》，全名為《百年之後。情節回歸》（Cent'annidopo. Il ritornodell'intreccio），艾可主編，主題是十九世紀文學，撰文者包括巴利里、羅蘭巴特等。

151. 彭森・杜・特拉耶（Ponson du Terrail, 1829-1871），法國通俗小說家，長期在報紙上撰寫連載小說。第一部小說《神秘的遺產》（L'Héritagemystérieux）

延續早先另一位作家歐仁・蘇暢銷小說《巴黎的秘密》風潮，主角羅康博爾（Rocambole）深植人心，共完成八本系列小說。是多產作家，二十年間共完成七十三本著作。

152. 歐仁・蘇（Eugène Sue, 1804-1857），法國知名連載小說家，小說《巴黎的秘密》（Les Mystères de Paris）描述主人翁魯道夫尋找被他拋棄的私生女的故事，同時揭露十九世紀法國社會的陰暗面，造成國內外轟動。

153. 藝術的意志（kunstwallen），是德國歷史學家李格爾（AloisRiegl, 1858-1905）談到藝術評論時提出的觀念和名詞，認為藝術品是工作進入尾聲，奮力掙脫材料和技術以展現藝術家特定、明確意志的結果。李格爾用這個目的論假設取代了藝術品的過程本質，超越了唯物論和因果論的立論。在藝術意志這個標準下，每一件藝術作品都要從它是否符合所屬的時代特質予以評斷，因此摒除了古典準則。

154. 後設歷史（metahistory）的中譯其實未有定論，有人認為該詞最初的意思是「思辨式歷史哲學」，有人則詮釋為「藉哲學以解釋人類生活，或至少以全景觀點來觀照歷史發展的階段，試圖找尋歷史中的模式、規律性與相似性」，或將該詞類比為形而上學，關切的是「歷史之本質、歷史之意義以及歷史變遷之原因與重要性」。

155. 正確應為「我們殺了月光！」（Uccidiamoilchiaro di luna!），由馬里內蒂執筆的未來主義第二份宣言，一九〇九年以義、法兩種語言首次公佈，完整標題是《未來主義詩向國際發聲公開宣戰，以回應舊歐洲對未來主義席捲歐洲所發出的謾罵》，內文摘錄：「我們要我們的子女開心地任性而為，惡狠狠地敵視老一輩，嘲弄因時間而被神化的所有一切！(……)所以我們今天要教給大家有系統、融入日常生活的英雄主義，讓心臟全力跳動的絕望的滋味，保持熱情，任憑天旋地轉(……)。人每天都要上緊神經的發條變成一只莽撞的鐘！人要能在瞬間置生死於度外(……)，靈魂要能將軀殼丟向火焰，彷彿一艘燃著火的船，衝向敵人，衝向如果不存在就要自己創造的敵人！」

156. 《亞維儂的少女》（Demoiselles d'Avignon），西班牙畫家畢卡索一九〇七年所繪，改變了傳統繪畫的空間表現，促成立體主義的崛起。

157. 威廉・布洛斯（William Burroughs），垮世代（Beat generation）文學三巨匠之一，也是垮世代運動的教父。作品自傳色彩濃厚，完成於五〇年代的《裸體午餐》（Naked Lunch，中譯本商周出版，何穎怡譯）一書最為人所知，描述一個毒癮者漫遊美國各城市的故事，不僅觸及當時許多禁忌話題，也重新定義了文學和美國文化。寫作手法是將字句切割後隨意重組，以避免惡靈——理性牽制人類的想像力。

158. 約翰・凱吉（John Milton Cage Jr., 1912-1992），美國前衛作曲家，最著名的作品是一八五二年的《4'33》，全曲三個樂章沒有一個音符。是機遇音樂（aleatory music）、電子音樂的先驅。

159. 元語言（metalinguaggio），指分析或描述另一種語言——對象語言時使用的語言或符號。

160. 莉亞拉（Liala），義大利女作家艾瑪莉亞・歐德斯卡齊（Amalia Liana CambiasiNegrettiOdescalchi, 1897-1995）的筆名，是二十世紀最受歡迎的連載小說家。因其夫婿為軍人，前期作品多以軍旅生活為主，晚期則著重於描寫上流社會生活，文風優雅細膩，深受女性讀者喜愛。

161. 胡安・格里斯（Juan Gris，一八八七年-一九二七年。原名José Victoriano González Gris），西班牙立體派畫家、雕刻家，一九〇六年移居巴黎，跟畢卡索共同發展立體主義藝術，對後世影響深遠。

162. 喬治・布拉克（Georges Braque, 1882-1963），法國畫家、雕刻家，與畢卡索同為立體主義運動創始人。作品多為靜物畫和風景畫，畫風簡潔單純，率先將字母和數字放入畫中。

163. 馬克斯．恩斯特（Max Ernst, 1891-1976），德國畫家、雕刻家。不受傳統制約，常採用拓印法、粘貼法、轉印法、拼貼法創作。是達達主義和超現實主義的主要代表。

164. 勞倫斯．斯特恩（Laurence Sterne, 1713-1768），英國作家，任職教會。最有名的作品《項狄傳》（The Life and Opinions of TristramShandy, Gentleman）共九冊，首兩冊於一七五九年出版，後七冊於一七六一年之一七六七年間陸續出版，書中常出現整頁空白或全黑，或整章只有一句話，標點符號使用也顛覆了傳統習慣。打破敘事的時間順序，遵循的是事件在腦中閃過的順序，混亂、倒錯，有人認為該書為意識流小說的先鋒。

165. 〈枯竭的文學〉（The Literature of Exhaustion）這篇論文被認為是後現代宣言，文中提及寫實文學是「已經枯竭的」傳統，巴思談到他自己的作品時說「模仿小說形式的小說出自模仿作者角色的作者之手」，被認為點出了後現代的精髓。該文後收錄至巴思雜文集《星期五的書》（The Friday Book, 1984）。

166. 《卡利班》（Caliban），一九八六年由勞倫斯．R．史密斯（Lawrence R. Smith）創辦的雜誌，旨在提供開放前衛的舞台作為作家、藝術家的發表園地，以因應美國八〇年代轉向保守的的政治及文學氛圍。一九九六年結束紙本出版，二〇一〇年改為電子版恢復出刊。

167. 詹姆斯・米契納（James Michener, 1907-1997），美國作家，著有四十七本歷史小說，描述特定區域的不同世代生活，多以真實歷史事件出發，考據功夫扎實。最為人所熟知的作品是《南太平洋故事》（Tales of the South Pacific），贏得一九四八年普立茲小說獎。

168. 歐文・華萊士（Irving Wallace, 1916-1990），美國暢銷小說作家、電影編劇。共著有十九部小說，全世界銷售超過一億五千萬本。不乏負面評價，認為他的作品是垃圾小說，之所以成功，是因為「他嚴肅以對，不光只是狗吠月亮」。著有《三海妖》（The Three Sirens, 1964）、《第二夫人》（The Second Lady, 1980）等。

169. 萊斯里・斐德勒（Leslie Fiedler, 1917-2003），美國文學評論家、作家，有人認為他的批判文字離經叛道，解構了美國小說的傳統概念，褒貶不一。著有《美國小說中的愛與死》（Love and Death in the American Novel, 1960）、《什麼是文學?‧古典文化與大眾社會》（What was Literature? Class Culture and Mass Society , 1982）等作品。

170.《陰影線》（Linea d'ombra），一九八三年於義大利米蘭創刊的文化、政治期刊，旨在提供年輕作者及不同創作媒材（小說、詩、報導、電影、戲劇、漫畫）的交流園地。

171.《最後的摩根戰士》（The Last of the Mohicans），是美國西部小說之父詹姆斯·庫柏（James Fenimore Cooper, 1789-1851）一八二六年出版的小說，描述十八世紀殖民主義崛起，英法兩國在美國北部爭奪印地安人土地的故事，陳述的是庫柏認為美國人為追逐財富權力而斬斷與大自然的關係，永遠不可能真正獲得自由的理念。多次被改編成電影、電視劇、動畫及漫畫，是庫柏最好也最重要的作品。

172.斐德勒在《美國小說中的愛與死》一書中寫道：「我們的小說不僅僅是一種從真實生活的物質現實中的逃離……令人困惑與難堪的是，我們的小說是一種哥德式的小說，非現實、消極、施虐，而且駭人聽聞，是一種充斥黑暗色彩和奇異內容的文學」。

173.朱斯提（Giuseppe Giusti, 1809-1850），義大利詩人，年少輕狂，多流連酒肆賭場，興起便即席作詩朗讀，靠口耳或抄錄相傳。詩作風格詼諧、嘲諷，偶帶感傷。詩作散佚，分別在一八四四年、一八四五年、一八四七年出版合集。

174.《聖安波羅修》（Sant'Ambroglio）是朱斯提最為人所熟知的作品，完成於一八四五年。記錄他當時由翡冷翠北上米蘭拜訪曼佐尼，在老友兒子的陪伴下參觀聖安波羅修教堂，遇到一批當時佔領北義的奧匈帝國士兵，面對外來統治者的第一反應固然是厭惡，但詩人隨即便對那群士兵心生憐憫，畢竟遠離家鄉的他們也不過是政治人物手中的工具而已。朱斯提進而對任人擺佈的人民未來有感而發。

175. 貝爾克特（Giovanni Berchet, 1783-1851），義大利詩人、評論家、翻譯家。積極參與義大利民族統一運動，曾加入秘密會社燒炭黨（Carboneria），為躲避追捕於一八二一年潛逃國外，一八四五年始返國，任職臨時政府。

176.〈朋提達盟約〉（Giuramento di Pontida），收錄在貝爾克特詩集《奇想》（Fantasie）中的一首抒情詩，以歷史事件宣揚愛國精神，用激昂的素樸語言打造新的抒情史詩模式。描述十二世紀神聖羅馬帝國腓特烈一世入侵義大利燒殺擄掠，北義城邦於一一六七年四月七日在朋提達修道院簽署盟約結成聯盟，對抗暴君的故事。旨在以古喻今，鼓勵百姓團結起而對抗奧匈帝國，爭取自由獨立。

177.《愛的故事》（Love Story）是美國作家、編劇艾瑞克・席格爾（Erich Wolf

Segal, 1937-2010）的暢銷小說，後改編為電影。描述美國六〇年代末富家子奧利弗愛上貧家女珍妮佛，面對家庭背景的差距，兩人歷經重重考驗，雖然共組家庭，但最後仍無法避免悲傷結局。

178. 《帕爾瑪修道院》（La Chartreuse de Parme）是法國作家司湯達（Stendhal, 1783-1842）於一八三八年底在巴黎花了五十三天完成的小說。描述十九世紀初的義大利年輕人法布里茲歐加入拿破崙軍隊，在滑鐵盧戰役後回到家鄉，被陷害入獄，之後在姑媽庇護下出獄轉往帕爾瑪宮廷，最後當上總主教，卻被迫與愛人分手。

179. 王者之劍（Excalibur，意為斷鋼），傳說中亞瑟王在魔法師梅林指引下，從湖中仙女手中得到的魔法寶劍，因削鐵如泥，故以「斷鋼劍」稱之。可說是後世騎士文學中英雄配寶劍之始。

180. 托爾金（John Ronald Reuel Tolkien, 1892-1973），英國作家、語言學家，著有《魔戒》三部曲（The Lord of the Rings）、《哈比人歷險記》（The Hobbit）等，對近代奇幻文學影響深遠。

181. 黎胥留（Armand Jean du Plessis de Richelieu, 1585-1642），法王路易十三世的宰相，天主教會紅衣主教，在他當政期間，法國中央集權制得以鞏固，替日後路易十四的興盛打下基礎。在《三劍客》中，黎胥留被塑造為奸巧之人，設計陷害皇后，挑撥她與國王關係，以削弱國王權威，圖謀獨攬大權。

182. 馬薩林（GiulioRaimondoMazzarino, 1602-1661），原籍義大利，進入羅馬耶穌會士學校，一六三〇年被教廷派往法國調解法國、西班牙衝突，受黎胥留重用，入法國籍。任法王路易十四宰相。出現在《三劍客》及續集《二十年後》（Vingtans après）中。

183. 米萊迪（Milady de Winter），《三劍客》中的反派女角，外表豔麗動人，行事心狠手辣，專門代黎胥留執行陰謀任務。

184. 在《三劍客》書中，波那瑟夫人（CostanceBonacieux）是皇后的侍女，也是達太安的情人。

185. 拉羅歇爾（La Rochelle），法國西部港口城市。十六世紀拉宗教改革運動興起後，羅歇爾皈依新教，法王亨利四世並於一五九八年頒佈南特敕令，承認法國境內新教徒的信仰自由，但遭天主教徒強烈反對。在多次宗教戰爭中，拉羅歇爾在一五七二年、一六二七年兩度遭到圍城。

186. 安妮皇后（Anne d'Autriche, 1601-1666），法王路易十三的皇后，路易十四的母親，多次被黎胥留指責參與叛亂策動。後與馬薩林共同輔佐路易十四。

187. 投石黨亂（Fronde），是西班牙、法國戰爭（1635-1659）期間，發生在法國內部、反專制王權的政治運動。「投石黨」之名來自一六四八年八月二十六日百姓用石頭丟擲攝政王馬薩林支持者的住宅，同年十月路易十四出走，馬薩林遭到流放。

188. 費德里科．博羅密歐紅衣主教（Federico Borromeo, 1564-1631），家族中多人為紅衣主教，一五九五年，費德里科年僅三十一歲便被任命為米蘭總主教。一六〇七年創辦安波羅修圖書館（BibliotecaAmbrosiana），收藏天主教會文獻及藝術品，以對抗實力逐漸強大的新教改革力量。

189. 卡洛．博羅密歐（Carlo Borromeo, 1538-1584），天主教稱聖嘉祿．鮑榮茂。費德里科．博羅密歐的堂哥，文藝復興時期神學家，曾任米蘭總主教，一六一〇年由教宗保祿五世封聖。

190. 柯里斯多夫神父（Padre Cristoforo），《約婚夫婦》中協助男女主角逃避迫害的神職人員，代表的是捍衛弱勢的勇敢力量。

191. 見【新譯本】譯註72。

192. 維根斯坦（Ludwig Josef Johann Wittgenstein, 1889-1951），出生於奧地利，後入籍英國，知名語言哲學家，對二十世紀影響甚鉅。著有《邏輯哲學簡論》（Logisch-Philosophische Abhandlung, 1921）等。

193. G. K.卻斯特頓（Gilbert Keith Chesterton, 1874-1936），英國作家、評論家，熱愛推理小說，首開以犯罪心理學推敲案情之先河。以布朗神父為主角，完成系列推理小說，廣受歡迎。

194. 潛能文學工坊（Ouvroir deLittératurePotentielle，簡稱Oulipo），一九六〇年由法國作家葛諾（Raymond Queneau, 1903-1976）及里昂（François Le Lionnais, 1901-1984）共同創立，成員包括作家及數學家，旨在尋找新的文學結構及方式，以每個人喜歡的方式應用到寫作上。進行多種實驗，包括設定寫作上的限制，以創造新的文學形式。

玫瑰的名字

新譯本／譯註

倪安宇

1. 書中講這兩句話的地點在用膳室，但艾可此處寫「圖書館」。謹遵原文。

2. 聖羅倫佐（San Lorenzo, 225-258），羅馬七位執事之一，因當時羅馬皇帝瓦勒良（Valerianus, 200-260）迫害基督徒，而遭判處死刑。

3. 〈八卦是很嚴肅的〉一文收錄在《智慧女神的魔法袋》（La bustina di Minerva, 2000, Bompiani；皇冠出版社，二〇〇四年）。

4. 〈我如何寫作〉（Come scrivo）。一九九六年艾可應Maria Teresa Serafini之邀撰寫，收錄至《如何寫小說》（Come siscrive un romanzo）合集。後收錄至《艾可談文學》（Sulla letteratura，二〇〇二年， Bompiani；皇冠出版社，二〇〇四年）。

5. 馬比雍（Jean Mabillon, 1632-1707），法國本篤會僧侶、神學學者，曾擔任巴黎聖日耳曼德佩修道院圖書館助手，參與多件全集類型作品的編纂工作，包括聖伯爾納鐸（Bernard de Clairvaux, 1090-1153）著作全集，以及前言中所提《古代年鑒》（Veterum Analectum）四冊。一六八一年出版的《古文獻學論》（De Re Diplomatica）共六書，認為應從字跡、風格、封印、簽名、見證及其他因素辨別古代文獻的真偽，被視為開啟西方古文獻學及古文字學研究的第一人。一七〇七年出版的《本篤會年鑒》（Annales ordinis sancti Benedicti）為研究本篤會史的重要著作。

6. 艾恬・吉森（Étienne Gilson, 1884-1978），法國哲學家、歷史學家，被認為是二十世紀研究新托馬斯主義、強調科學與信仰不相違背的代表人物。

7. 語出《希薇》（Sylvie），法國詩人、作家奈瓦爾（Gérard de Nerval, 1808-1855）於一八五三年出版的小說。艾可有專文討論，可參見他一九九二至九三年間接受哈佛大學諾頓講座邀請六場演講稿整理出版的《悠遊小說林》（Sei passeggiate nei boschi narrative，一九九四年，Bompiani，中譯本時報文化出版，黃寤蘭譯，二〇〇〇年）。

8. 畢夸修士（Abbé Bucquoy，原名Jean Albert d'Archambaud，一六五〇年-一七四〇年），原投身軍旅，後成為神職人員，並在巴黎創辦教會，因不斷挺身對抗專制極權被捕下獄，逃亡後避居漢諾威。著有《論真假宗教》（De la vraie et de la fausse religion, 1732）、《冥想死亡與榮耀》（Méditations sur la mort et la gloire, 1736）。法國作家奈瓦爾著有專書描述畢夸修士傳奇人生。

9. 米洛・湯斯華（Milo Temesvar）是虛構人物。艾可在《別想擺脫書》（Non spate di liberarvi dei libri，中譯本皇冠出版，尉遲秀譯）中談及某一年法蘭克福書展幾位出版巨頭對於一窩蜂炒作未成氣候的作者的現象頗不以為然，便捏造米洛・湯斯華此一作家名，宣稱有美國出版社喊出五萬美元預付版稅的天價，後來造成出版界競相哄抬，傳為笑談。此人名後來多次出現在艾可筆下，《植物的記憶與藏書樂》（La memoria vegetale，中譯本皇冠出版，譯者倪安宇）中亦有〈湯斯華密碼〉一文。

10. 《默示錄派與綜合派》（Apocalittico e integrato），一九六四年出版，艾可評論大眾文化的雜文集。

11. 原蘇聯加盟國，一九九一年獨立為喬治亞共和國。

12. 珂雪（Athanasius Kircher, 1602-1680），日耳曼耶穌會士、哲學家、歷史學家，有四十多部著作，以研究埃及學、地質學、醫學為主，也是以中國為主題出版百科全書作品的第一人。被譽為「百藝大師」。艾可《植物的記憶與藏書樂》書中有專文〈為何珂雪？〉。

13. 貝尼亞米諾・帕拉契多（Beniamino Placido, 1929-2010），義大利資深記者、文藝評論家及電視主持人。自一九七六年固定為共和報（La Repubblica）撰稿，一九八五年起開電視評論專欄《就我看來》（A parere mio）。與艾可之間的「糾葛」主要有二：一九七七年，艾可出版《如何撰寫畢業論文》（Come si fa una tesi di laurea），帕拉契多在書評中直言此書並非指導學生如何寫論文的手冊，而是艾可的自傳性小說，並指出艾可自述為了研究中世紀經院哲學家及神學家聖托馬斯・阿奎那（San Tommaso d'Aquino, 1225-1274）找到一本法文小書，該書的作者瓦萊修士名不見經傳，其實純為艾可杜撰；一九八五年，義大利文學評論家Pietro Citati說某書稱霸銷售排行榜經年（眾人皆知他影射《玫瑰的名字》），但該書「毫無文學天分」，帕拉契多在專欄中舉某年義大利足球隊赴瑞士比賽鎩羽而歸，以各種藉口迴避落敗事實為例，認為應承認自己技不如人。

14. 彭波薩（Pomposa）位於義大利北部費拉拉省（Ferrara），省內臨海小鎮柯地葛羅（Codigoro）有彭波薩修道院，興建於九世紀，是北義大利最重要的修道院之一。

15. 孔屈埃（Conques），法國南部阿韋龍省（Aveyron）的一個小鎮，當地的聖本篤會聖活修道院（L'abbatiale Saint-Foy）十分有名，興建於十一、十二世紀，為仿羅馬式風格。

16. 大阿爾伯特（Albertus Magnus, 1200-1280），日耳曼多明我會士，中世紀最重要的哲學家及神學家之一，成功融合亞里斯多德哲學與基督教思想，為天主教三十三位教會聖師之一。

17. 《秘典。論植物、礦石與靈魂》（Liber secretorum, de virtutibus Herbarum, Lapidum & Animalium quorondam）。

18. 帕拉塞爾斯（Paracelsus, 1493-1541），瑞士醫生、煉金術士，企圖將醫學與煉金術結合為一種醫療化學。

19. 都鐸王朝（Tudor dynasty），一四八五年至一六〇三年間統治英格蘭王國及其屬地的王朝。

20. 古董書市流傳許多研究藥草、寶石、動物效用，鼠疫、發燒、毒藥處理方法，如何製造香水、假黃金等內容的自然魔法偽書，都宣稱作者是中世紀神學家大阿爾伯特，或署名小阿爾伯特。

21. 耿稗思（Thomas a Kempis, 1380-1471），日耳曼僧侶，咸認為是僅次於《聖經》、最受基督徒喜愛的著名天主教靈修著作《師主篇》（De Imitatione Christi，或譯《輕世金書》）的作者。

22. 時辰頌禱禮（Liturgia Horarum），或稱每日頌禱、日課，沿襲自猶太教的祈禱儀式，基督教神職人員、修會會士每日七次按禮儀時辰舉行時辰頌禱禮，聆聽天主聖言，以歌詠和祈禱讚美主。自八世紀至十世紀間，參加時辰頌禱被視為神職人員的本分或職務，因故無法參加該時辰的日課唱頌者，須以私下唸「日課」方式補上。

23. 聖本篤（San Benedetto da Norcia, 480-547），義大利僧侶，創辦本篤會，天主教會於一二二〇年追封為聖徒。於五二五年將教堂教父和隱修士的祈禱時間整理後提出一日之內的祈禱時辰，並列入本篤會規中，稱為公定時辰或禮儀時辰。

24. 見新約聖經，〈若望福音〉1:1-3。

25. 「福靈之光」，源自但丁《神曲》天堂篇第二歌第46-148節，貝緹麗彩向但丁說明諸天之所以能輪轉，是受了福靈的原動力運轉，福靈即天使，天使的大能來自天主的聖智，天使推動諸天，猶如鐵匠運錘。決定諸天明暗的是天使德能。（參考黃國彬譯註《神曲》，九歌出版社）

26. 路易四世（Ludwig IV der Bayern, 1282-1347），巴伐利亞公爵，一三二八年正式加冕為神聖羅馬帝國皇帝。

27. 若望二十二世（Giovanni XXII, 1249-1334），自一三一六年八月七日起在位。

28. 克勉五世（Clemente V, 1264-1314），自一三〇五年六月五日起在位。

29. 世界之都（Caput Mundi），字面意為世界的首都，指羅馬城。因羅馬帝國興盛時期幅員遼闊，世界政治、經濟及文化交流重鎮非羅馬莫屬。語出西元一世紀羅馬拉丁詩人盧卡諾（Marco Anneo Lucano）詩句：「羅馬城，世界之都，戰爭首要獵物，易於征服……」（ipsa, caput mundi, bellorum maxima merces, Roma capi facilis……）。

30. 選帝侯（Kurfürst），德國歷史上有神聖羅馬帝國皇帝選舉權的諸侯，源自於古日耳曼時期的部落首領選舉習俗，並依照教宗伍朋四世（Urbano IV）建議，確立由七位諸侯擔任選帝侯，其中三位代表教會（美因茨總主教、科隆總主教、特里爾總主教），四位代表俗世（波希米亞國王、萊茵王權伯爵、薩克森公爵、布蘭登堡侯爵）。

31. 王權伯爵（comes palatii），或譯為普法爾茨伯爵，是中世紀前期最重要的政治職稱之一，通常會綬封給附庸國君主。十一世紀羅馬教廷組成王權伯爵團，職責是保護教宗並捍衛教廷。中世紀晚期，王權伯爵的職權則依不同國家而有差異。例如在中世紀德國，每一個封建公國都有一名王權伯爵，形同皇帝的代理人。

32. 美因河（Main），德國境內河流，全長五百二十四公里，最終匯入萊茵河。

33. 聖殿騎士團（Ordre du Temple），全名為「基督和所羅門聖殿的貧苦騎士團」（Pauperes commilitones Christi Templique Solomonici），十二世紀為保衛朝聖者安全，在據說是昔日所羅門聖殿廢墟之上的清真寺成立的修士會，因得教會聖師聖伯爾納鐸支持，影響力漸長，享有只對教宗負責、不聽命國王和地方主教、免繳稅等特權。參與十字軍征戰中獲得許多財富，加上向外募捐、並從事銀行業，堪稱富可敵國，是法國國王的大債主。成員身穿繪有紅色十字的白色長袍，自稱為聖殿騎士。

34. 方濟各會（Ordine dei Frati Minori），又稱小兄弟會，倡導過清貧生活。由阿西西的方濟各（Francesco d'Assisi, 1182-1226）於一二〇九年創會。

35. 米克雷・達・契瑟納（Michele da Cesena, 1270-1342），義大利宗教家、神學家，於一三一六年至一三二八年間擔任方濟各會總會長。原本在教宗若望二十二世支持下，迫害修會內堅持赤貧原則的支會屬靈會（Francescani Spirituali），但後來在此議題上仍與教宗決裂，一三二七年被召至亞維儂遭到軟禁，後與英國經院哲學家奧卡姆（William of Ockham，1288-1348）一起投奔神聖羅馬帝國路易四世，傳言他臨終前將方濟各會會印傳給奧卡姆，由其代理繼任會長一職。

36. 屬靈會（Francescani spirituali），可指十三世紀初方濟各會中堅持貧窮的分支教派，亦可指崛起於十三世紀七〇年代的一個貧窮運動。

37. 〈當你們之中〉（Cum inter nonnullos），一三二三年底若望二十二世以此訓諭宣布基督及宗徒貧窮的的理論為異端言論。

38. 馬斯里歐・達・帕多瓦（Marsilio da Padova, 1275-1342），義大利哲學家及作家。於法國索邦大學就讀，並被任命為大學修道院院長。對神職人員墮落貪腐頗多不滿，曾發出嚴厲抨擊，被斥為「惡魔之子」。一三二七年路易四世加冕後，任命他為羅馬的宗教代理人。著有《和平捍衛者》（Defensor pacis, 1324）一書，講述法律的意義及其重要性，以確保各領主能和平共處，政府應由人民選出，不容宗教力量介入，因為教會腐敗，只關心如何為自己謀取更多權力。

39. 讓・丹・約登（Jean de Jandun, 1258-1323），法國哲學家、神學家，有人說他與馬斯里歐・達・帕多瓦合著《和平捍衛者》，遭流放並逐出教會，之後他遠離政治，專心於哲學及神學研究。

40. 卡司特盧丘（Castruccio Castracani degli Antelminelli, 1281-1328），義大利軍隊指揮官，曾任盧卡城軍隊統帥及終身執政官。後與神聖羅馬帝國路易四世聯盟，被任命為皇帝在義大利的代理人。

41. 烏古坵內（Uguccione della Faggiola, 1250-1319），義大利軍隊指揮官，比薩城僭主，在效忠教宗和效忠神聖羅馬帝國皇帝的派系之爭中，領導一千八百名日耳曼騎士對抗親教宗派的翡冷翠勢力。

42. 夏拉・克羅納（Giacomo Sciarra Colonna, 1270-1329），克羅納家族是羅馬中世紀最有影響力的家族。夏拉・克羅納最惡名昭彰的事件之一，是於一三〇三年九月七日由法國國王腓力四世派遣挾持教宗博義八世（Bonifacio VIII, 1230-1303），軟禁在羅馬附近阿納尼城（Anagni）的教宗官邸內，逼教宗撤回將法王腓力四世逐出教會的訓諭，據稱在兩天軟禁期間，克羅納曾以鐵手套掌摑教宗，史稱「阿納尼掌摑事件」。博義八世一個月後辭世，教宗從此形同法王附庸，並將宗座所在地遷往法國南部亞維儂。神聖羅馬帝國皇帝路易四世在羅馬加冕時，是由夏拉．克羅納為他戴上冠冕。

43. 聖雅各朝聖之路（cammini di San Giacomo），也稱聖地牙哥朝聖之路（cammino di Santiago di Compostela）。聖雅各為耶穌門徒之一，民間傳說他在耶穌升天後前往西班牙傳福音，待返回巴勒斯坦卻被希律王一世斬首，他的弟子在天使指引下將聖雅各遺體運回西班牙，安葬在一處森林中。直到九世紀有隱士在天使引導下看見山上有星光閃爍，當地主教於是發現聖雅各墓。國王下令在該處興建聖殿，本篤會修士也於八九三年在此設立修道院，開始有朝聖者前來朝拜。

44. 波伊提烏（Anicius Manlius Torquatus Severinus Boethius，四七五年-五二五年，簡稱Boezio），認為哲學即是對知識的熱愛，真理源於知識，因此知識是自給自足的，哲學也是對天主的愛與研究，因為天主是知識的極致。他對中世紀基督教哲學影響甚深，咸認為他是經院哲學的奠基人之一。

45. 瑪爾大（Marta）是耶穌顯奇蹟使死而復活的拉匝祿的姊姊，與妹妹瑪利亞為耶穌所鍾愛。但瑪爾大曾被耶穌責怪過於為俗務操勞。

46. 利亞（Lea）是聖經以色列族長雅各的第一位妻子，並不為丈夫所喜，但神卻讓她生了許多孩子，綿延後代。

47. 拉結（Rachele）是利亞的妹妹，也是雅各第二位妻子，備受寵愛。

48. 加圖（Marcus Porcius Cato Uticensis, 95-46BC），羅馬共和國末期政治家、演說家，信奉斯多葛學派，厭惡當時政治腐敗問題。

49. 夫婦守貞關係（casto sponsale），又稱「淨配」，天主教專指聖母與聖若瑟的婚姻關係。

50. 羅傑・培根（Roger Bacon, 1214-1294），英國哲學家、煉金術士，學識淵博，研究領域涵蓋不同學門，強調科學研究中觀察和試驗的重要性。

51. 奧卡姆・威廉（William of Ockham , 1288-1348），一般稱他為奧卡姆（另一拼法為Occam）。英國經院哲學家，曾為方濟各會修士，所持部分哲學觀點與羅馬教廷不合，被教宗若望二十二世宣布為異端，一三二四年在亞維儂接受宗教裁判所審判，於一三四九年六月被教宗克勉六世（Clemente VI）赦免。結識方濟各會總會長米克雷・達・契瑟納（Michele da Cesena, 1270-1342），認同其貧窮理念，即信徒對物質只有使用權而非擁有權。最為人所熟知的，是他提出的「奧卡姆剃刀理論」（Occam's razor），認為理論或命題的論證過程中，步驟最少、最簡潔的證明便是最有效的。著有《邏輯大全》（Summa Logicae, 1323）等。

52. 阿藍・的・里爾（Alain de Lille，亦有人以Alain de L'Isle稱之，一一二○年-一二○二年），法國經院哲學家、神學家，熙篤會會士。被稱為「百曉博士」（Doctor Universalis）。著有《論公教信仰的方法與內容》五冊（De arte sive de articulis fidei catholicae）、《神學的規範》（Regulae de sacra theologia）、《自然的悲嘆》（De Planctu Naturae）等。

53. 聖依西多祿（Isidoro de Sevilla, 560-636），西班牙教會聖人、神學家。

54. 讓・布里丹（Jean Buridan, 1295-1361），法國哲學家、邏輯學家，奧卡姆的學生，於一三二八年至一三四○年間任巴黎大學校長。

55. 霍諾利烏斯・迪・歐坦（Honorius Augustodunienense，或稱Onorio d'Autun，一○八○年-一一五四年），日耳曼僧侶、神學家。真實姓名、生平不詳，研究領域涵蓋物理、歷史及神學，著有《詮釋之書》（Elucidarium）、《世界的形象》（Imago mundi）、《物理學要旨》（Clavis physicae）。

56. 威廉・杜蘭德（Guillaume Durand, 1230-1296），法國主教，有「思辨博士」

（Doctor Speculator）稱號，先後為教宗克勉四世和額我略十世重用。著有《神聖理性準則》（Rationale dinivorum officiorum，出版時間可能為一二八〇年），討論禮拜儀式和天主教建築的象徵涵義。

57. 聖加崙（San Gallo），位於今瑞士東北部。有聖加崙隱修院，建於六一二年。

58. 克呂尼（Cluny），位於今法國中部。有克呂尼隱修院，建於九一〇年，中世紀修道運動中的克呂尼改革即發源於此，旨在回復本篤修道團嚴格的規矩，專心追求靈性經驗，減輕勞動工作，發展崇拜儀式，建立經濟組織以擺脫世俗控制，只對教宗負責。

59. 豐特萊（Fontenay），位於今法國中北部。有豐特萊隱修院，建於十二世紀。

60. 心語，verbummentis。根據中世紀神學家阿奎那，天主與萬物的關係是透過語言完成的，天主造物不用具象語言，而是透過無聲的語言——思想，所以才能在瞬間完成造物過程。

61. 托馬斯・阿奎那（San Tommaso d'Aquino, 1225-1274），義大利本篤會修士，中世紀經院哲學家、神學家，提倡自然神學，人稱「全能博士」（Doctor Angelicus），過世後封聖，是教會三十三位聖師之一。著有《神學大全》（Summa Theologica）。

62. 第一因是因果鏈中的源頭，是因果鏈的根，是必然的存在體，既非偶然或或然的存在物，也不是任何事物的果。

63. 中世紀神學家阿奎那在《神學大全》中提出天主存在的五路證明（quinquae viae）：一、既然萬物皆受推動，溯源到頭一定有一位推動者是不被推動的，那便是天主；二、凡事都有原因，溯源到頭一定有一個所有結果之因，不是由其他原因導致的，那便是天主；三、萬事萬物都有根源，溯源到頭一定有一個導致所有必然的根源，那便是天主；四、各種完美事物之所以完美，必有一個典型，那便是天主；五、非生物的存在旨在完成一個目的，該目的不是因為它自身意識去推動的，所以那些目的之源便是天主。

64. 奧古斯丁（Augustinus, 354-430），北非希波（Hippo）主教，天主教封他為聖人、聖師，後被稱為「恩寵博士」（Doctor Gratiae）東正教亦封為聖人。認為靈魂為天主意志在人身上的體現，能不用靈魂控制自己的身體（感官），便會受天主詛咒。著有《懺悔錄》（Confessions）、《天主之城》（De Civitate Dei）、《論人性與恩寵》（De natura et Gratia）等。

65. 基爾肯尼（Kelkenny），位於現今愛爾蘭東南部的城鎮。

66. 「你永做司祭」（Eris sacerdos in aeternum）語出舊約聖聖詠集第一一〇篇

（Psalm 110）：「上主一發了誓，他絕不再反悔：你照墨基瑟德品位，永做司祭」。今日受封司鐸神職儀典上亦會宣讀此言。威廉以此表示對定院長德能的肯定。

67. 波比歐（Bobbio），位於今義大利中北部的城市。有聖高隆邦修道院（Abbazia San Columban），興建於六一四年。

68. 諾瓦雷薩（Novalesa），位於今義大利西北部的城市，與法國接鄰。有諾瓦雷薩修道院，建於西元八世紀。

69. 達契亞人（dacians）。達契亞位於今羅馬尼亞中西部一帶，為多瑙河北方的古代王國，西元一、二世紀威古羅馬帝國行省。

70. 語出巴塞爾的卡爾特修道院（Carthusianmonastery）修士雅可布・羅勃（Jakob Louber, 1440-1513）。

71. 普世王權及千年等語，出自新約聖經〈默示錄〉第二十章。是指由耶穌升天直到世界末日的基督王權時期，歷時一千年，引申為久遠之意。

72. 鄔勃汀諾・達・卡薩雷（Ubertino da Casale, 1259-1330），義大利神學家，方濟各會士。支持會內堅持赤貧原則的屬靈會（Francescani Spirituali），被逐出方濟各會，改入本篤會。後雖採較溫和態度，認為耶穌及教徒不得擁有財產但擁有使用權，仍受迫害，跟米克雷・達・契瑟納一樣投奔路易四世。

73. 沙特爾（Chartres），位於法國中北部的城市。

74. 班堡（Bamberg），位於今德國中南部的城市。

75. 朗格多克（Languedoc），位於法國南部地中海沿岸的區域。

76. 四活物是指四部福音書各自的代表形象。人代表馬竇福音，獅子代表馬爾谷福音，牛犢代表路加福音，飛鷹代表若望福音。

77. 見舊約聖經〈撒慕爾紀〉下，大衛登基為王後將約櫃迎回耶路撒冷，為表心意，不僅沿途獻祭，並在約櫃前歡欣跳舞。表示他在天主面前永遠低微。

78. 四聯像（tetramorph），將四部福音書代表形象繪於一圖。

79. 阿瑪革冬（Armageddon），語出新約聖經〈若望默示錄〉（或譯默示錄、啟示錄）16:16：「那三個神就把諸王聚集到一個地方，那地方希伯來文叫做『阿瑪革冬』」，指善惡對決的最終戰場，引申為毀滅世界的大災難或世界末日。

80. 熙篤會（Cistercenses）。由嚴格執行禁慾院規、重視傳統的法國本篤會克呂尼（Cluny）隱修院中數位隱修士另外成立的修會，更強調遵守清貧戒律，著重先知精神多於權力，重視勞動甚於學術，認為工作就是祈禱，因為成為農業發展的先驅。

81. 若亞敬（Gioacchino da Fiore, 1130-1202），義大利神秘主義學者、神學家、聖經註釋學家。著有《十弦琴的聖詠》(Psalterium Decem Cordarum, 1186)、《新舊約索引》(Liber Concordiae Novi ac Veteris Testamenti, 1191)、《默示錄闡明》(Expositio in Apocalipsim, 1196)等書。以三位一體為基本神學原則，視其為整體人類救贖的過程：第一階段屬於聖父，為結婚者的秩序，人類生活在舊約法律下；第二階段屬於聖子，為神職人員的秩序，人類生活在耶穌基督新約恩寵中；第三階段屬於聖神，是隱修士的秩序，信徒自由地生活在聖神氛圍中。

82. 波拿文都拉（Bonaventura da Bagnoregio），義大利經院哲學家、神秘學家，方濟各會修士，於一二五七年擔任該會總會長，一方面對廢弛的紀律加以改革，另一方面重新擬定方濟各會章程。天主教會聖師，著有《心靈邁向天主的路程》(Itinerarium mentis in Deum, 1953)、《簡言》(Breviloquium)、《論聖神七恩的闡釋》(Collationes de septem donis Spiritus Sancti, 1267/1268)等。曾任教索邦大學，對若亞敬立論大加抨擊。一四八二年封聖，一般稱聖文德。

83. 主要是「聖靈的新時代將來臨」和「純屬心靈的天主教會將建立於貧窮之上」這兩個論點。

84. 安傑洛・克拉雷諾（Angelo Clareno, 1255-1337），義大利宗教學家，方濟各會修士，是屬靈會重要領導人。一三一一年被召至亞維儂，遭克勉五世審判後下獄假基督，後因煽動叛亂罪名遭若望二十二世逐出教會。在樞機主教柯羅納（Giacomo Colonna）庇護下逃亡到義大利南部速比亞科（Subiaco），創辦小弟兄修會（Ordine dei Fraticelli），獨尊清貧生活。

85. 伯多祿・奧利維修士（Pierre de Jean Olieu, 1248-1298），法國方濟各會會修士、神學家，被視為方濟各會屬靈運動的領導人，著有《默示錄註釋》（Lectura super Apocalypsim）。

86. 雷定五世（Celestino V，本名Pietro da Morrone, 1215-1296），自一二九四年七月在位，同年十二月辭職卸任。

87. 小弟兄修士，屬方濟各會的分支小弟兄修會（Fraticelli），堅持基督與宗徒赤貧論點，可說是屬靈會的延續，於一三一七年遭教宗若望二十二世以訓諭嚴厲譴責，斥為異端，後逐出教會。

88. 博義八世（Bonifacio VIII, 1230-1303），自一二九四年十二月在位。

89. 安潔拉・達・佛莉紐（Angela da Foligno, 1248-1309），義大利神秘學家、宗教家，遵循聖方濟各會教規過清貧苦修生活，身旁有一群靈修弟子，其中包括鄔勃汀諾・達・卡薩雷。於一六九三年由依諾森十二世（Innocenzo XII）宣福。

90. 貝格派（beghards），十二世紀創於今比利時法蘭德斯一帶的天主教俗世團體，未發誓願，但過著嚴謹的修道院式團體生活，以期達到信仰復興的目標。在今德國及法國廣為流傳，在義大利亦有少量信徒。不受天主教會約束，因對聖經經文有獨到詮釋，被視為異端。據信「貝格」一詞源自十二世紀在列日（Liegi）傳教的藍博・勒・貝格修士（Lambert le Bègue），他宣揚的理念是婦女不發誓願、投入宗教團體生活。

91. 博納格拉茲亞（Bonagrazia da Bergamo），時任方濟各會總代理。

92. 〈由立法者〉（Ad conditorem canonum），一三二二年十二月八日若望二十二世以此訓諭譴責佩魯賈大會的決議。

93. 烏布里亞省（Umbria），今義大利中部，省會為佩魯賈，聖方濟各家鄉阿西西（Assisi）也在此。

94. 齊婭拉・達・蒙特法柯（Chiara da Montefalco, 1268-1308），義大利宗教家，於一八八一年封聖。從小進入修道院過著與世隔絕的靈修生活，年僅二十三歲即繼承姊姊擔任修道院女院長，獨特的個性魅力加上預言能力，吸引許多神職人員以神學、神秘學問題就教於她，包括支持屬靈會的柯羅納和歐西尼兩位樞機主教。雖然她識字不多，但是當她說話時「有如一團火，能照亮、撫慰並點燃所有聽者的心靈」。被教廷斥為異端的自由靈兄弟會領導人如喬凡努丘（Giovannuccio da Bevagna）和班提維卡（Bentivenga da Gubbio）曾試圖邀她加入運動，但遭齊婭拉拒絕。

95. 多奇諾弟兄（Dolcino da Novara, 1250-1307），一二九一年加入教廷斥為異端的宗徒團體，雖以「弟兄」自稱，但並未發誓願。宣揚赤貧及千禧理念，宣講內容多反對教廷，且於一三〇四年武力占領義大利西北部一處山谷，將信眾聚集於此以實踐其宗教理念，遭教廷斥為異端，於一三〇七年遭逮捕，火刑處死。

96. 自由靈兄弟會（Libero Spirito）是基督教俗世團體，十三、十四世紀始於北歐，主張唯信仰論（或廢道德論）及個人主義，教宗克勉五世在維也納大公會議中宣判為異端。

97. 「男女二人都赤身露體並不害羞」（homo nudus cum nuda iacebat et non commiscebantur ad invicem），語出舊約聖經〈創世紀〉2:25。Commiscbantur原意為「結合、交合」。

98. 色辣芬（Serafini），或譯瑟拉弗、熾天使，是舊約聖經〈依撒意亞〉第六章中的六翼天使：「色辣芬……各有六個翅膀：兩個蓋住臉，兩個蓋住腳，兩個用來飛翔。……當時有一個色辣芬飛到我面前，手中拿著鉗子，從祭壇上取了一塊火炭，接觸我的口說：『你看，這炭接觸了你的口唇，你的邪惡已經消除，你的罪孽已獲赦免！』」中世紀基督教神學認為色辣芬是天使最高位階，因了解天主慈愛，欣喜地燃燒自己，並不停呼喊「聖！聖！聖！」讚美天主。

99. 路西法（Lucifero），今日通常指被逐出天堂的魔鬼或撒旦，但原意為「光的使者」（luce為光，fero為帶引），指黎明時出現的金星。舊約聖經〈依撒意亞〉第十四章中以「晨星」稱之：「晨星！你怎會從天墜下？傾覆萬邦者！你怎麼也被砍倒在地？你心中曾說過：『我要直衝霄漢，高置我的御座在天主的星宿以上；我要坐在盛會的山上，極北之處；我要升越雲表，與至高者相平衡！』然而你卻下到了陰府，深淵的極處。」

100. 保祿教派（Paulicians），中世紀教派，排斥聖經舊約，僅尊奉新約，尤其是〈保祿書信〉。拒絕聖像、洗禮、彌撒，不拜十字聖架。

101. 波各米爾教派（Bogomils），西元七至九世紀始於東南歐的異端宗教團體，其信仰參雜了靈知派、二元論等思維，於十二、十三世紀達到高峰。

102. 普謝羅斯（Konstantinos Michail Psellos, 1018-1081），拜占庭哲學家、神學家、隱修士。反對拉丁教會的神學，致力於將新柏拉圖主義與信仰結合。

103. 胡戈・達・紐卡斯特（Ugo da Novocastro），法國方濟各會修士、神學家、經院哲學家。

104. 威廉・安尼克（William of Alnwick, 1275-1333），英國方濟各會修士、神學家，曾任義大利南部喬維納佐（Giovinazzo）主教。

105. 七罪宗包括驕傲、吝嗇、迷色、憤怒、嫉妒、貪饕、懶惰。

106. 阿頗隆（Appolyon），見舊約聖經〈默示錄〉9:10-11：「……他們有相似蠍子的尾和刺；他們的尾能傷害世人，五個月之久。他們以深淵的使者為他們的王子。牠的名字希伯來文叫阿巴冬，希臘文叫阿頗隆。」

107. 本篤十一世（Benedetto XI, 1240-1304），自一三〇三年十月起在位。

108. 烏布查欣・達・巴格達（Ububchasym deBaldach，或Abul Asan al Muchtar ibn Botlan，又名Ellucasim Elimittar），信奉基督教的伊斯蘭醫生，晚年隱居修道院中，發誓願入修會修行。著有《健康圖鑑》（Tacuina sanitatis，或Theatrum Sanitatis）。

109. 柏拉特利烏（Matthaeus Platearius），咸認為他是十二世紀一本藥草集《藥草療法》（Liber de Simplici Medicina）的作者。

110. 花剌子密（此為拉丁譯名，全名為Abū ʿAbdallāh Muḥammad ibn Mūsā al-Khwārizmī，七八〇年-八五〇年），波斯數學家、天文學家、地理學家。

111. 西利烏斯·伊塔利庫斯（Silius Italicus, 28-103），古羅馬政治家、演說家，曾任帝國執政官。

112. 見舊約聖經〈聖詠集〉39:2-3：「我已決定：『我要謹遵我的道路，免得我以口舌犯罪，當惡人在我面前時，我以口罩籠住我嘴。』我默不作聲，以免口出惡語，但我的痛楚，更因此而加劇。」

113. 狄奧尼修斯（Dionysius the Areopagite），西元一世紀時期的希臘法官，受宗徒保祿講道感召而信奉基督教，天主教會視其為雅典的主保聖人。西元五世紀左右，有數本以偽狄奧尼修斯之名完成的神秘主義著作於坊間流傳。

114. 休葛·狄·桑維克托（Hugues de Saint-Victor, 1036-1141），法國神學家、哲學家、神秘學家，是經院哲學重要學者之一。

115. 聖伯爾納鐸（Bernard de Clairvaux, 1090-1153），法國熙篤會修士，克萊爾沃克斯修道院（Abbaye de Clairvaux，或譯格來福隱修道院）創院院長，天主教會封他為聖師（Doctor Mellifluus）。生活簡樸，帶動個人靈修運動。著有《雅歌講道集》（Expositio in Canticum Canticorum）、《新聖殿騎士團頌》（De laude novae militiae ad Milites Templi）。

116. 阿奎那的神學思維之一便是否定神學，認為人不可能正確無誤地認識天主，天主的旨意也無法被人掌握，所以與其說天主是什麼，不如說天主不是什麼。

117. 此言出自隱藏的天主（Deus absconditus）思維：聖經故事中先知厄里亞備受考驗，但天主始終未顯現，刻意隱藏是為了預備他的心靈，令他完全空虛，才能真正充滿天主。阿奎那在邏輯類比理論中曾談及，亦指天主旨意不可測，如聖經新約〈羅馬書〉11:33-34：「天主的決斷是多麼不可測量！他的道路是多麼不可探察！有誰曾知道上主的心意？」。

118. 阿德索・德・蒙蒂耶（Adson de Montier-en-Der, 920-992），法國克呂尼修會隱修士，是十世紀歐洲最偉大的作家之一，其中最重要的著作《假基督之書》（Libellus de Antichristi）乃應路易四世皇后葛波嘉之邀完成，因此該書全名為《致葛波嘉皇后信：論假基督的地點與時間》（Epistola ad Gerbergam reginam de ortu et tempore Antichristi），他認為假基督將在巴比倫出生，之後赴耶路撒冷顯現奇蹟，讓死者復生，自稱為天主之子，博得諸王支持後便開始迫害基督徒，為期三年半，在耶路撒冷橄欖山上的最終戰役中被基督所殺，世界和平終臨，並準備接受最後的審判。此書在中世紀極受歡迎，有九個版本的手抄稿共一百七十一本。

119. 撒威諾・達伊・亞瑪提（Salvino degli Armati），義大利翡冷翠人，據說於十三世紀發明了眼鏡，但很可能是十七世紀捏造的虛構人物。

120. 聖帕克謬（San Pachomius, 292-348），原為埃及軍人，後皈依基督教成為僧侶，首創團體修行方式，開設第一所共同生活的修道院，採類軍隊方式管理。後來聖本篤於六世紀正式創立共同生活的修會制度。

121. 見舊約聖經〈聖詠集〉22:27，為本篤會餐前祈福詞。

122. 手指字母是用手指屈伸的各種姿勢代表不同字母，可組成文字溝通。

123. 舊約聖經〈德訓篇〉19:2：「醇酒與美女，迷惑明智人，使聰明人遭受責斥。」

124. 見本篤會會規第六章〈靜默的精神〉。

125. 金口若望（原名Ioannes Chrysostomus，三四七年-四〇七年），拜占庭神學家、希臘教父，君士坦丁堡總主教，因其雄辯演說而得「金口」（Boccadoro）封號。

126. 培特魯斯．康托（Petrus Cantor, ?-1197），法國神學家，認為神學家應該做三件事：閱讀、辯證、講道。投入聖經評註工作，著有聖經導讀《神學詮釋》（De tropis theologicis），解釋不同經文之間矛盾之處該如何解讀。

127. 普魯登修斯（Aurelius Prudentius Clemens, 348-413），古羅馬詩人。著有《殉教者頌》（Liber Peristephanon），以十四首詩紀念羅馬和西班牙殉教者。

128. 聖額我略（Gregorius I, 543-604），於五九〇年九月就任教宗，是為額我略一世。發揚教會的禮拜儀式，整理拉丁聖樂，後世稱為額我略聖歌（Canto Gregoriano），是羅馬天主教所封的四大經教博士之一。

129. 默爾柏克（Willem van Moerbeke, 1215-1286），法蘭德斯多明我會修士，從希臘文翻譯亞里斯多德的《物理學》、《形而上學》、《政治學》、《動物史》、《論天和宇宙》等，對阿奎那的思想及後世文化發展都有深遠影響。

130. 此非洲指迦太基（今突尼西亞一帶）。羅馬帝國時期迦太基成為阿非利加省（Africa）省會，後沿用阿非利加一詞為今日的非洲。

131. 辛佛修斯（Celio Firmianus Sinfosio，四世紀末至五世紀初），拉丁謎語詩人。寫了一百多首六音步詩謎，對中世紀詩謎發展影響甚深。

132. 聖巴斯弟盎（San Sebastiano, ?-288），在羅馬皇帝迫害基督教期間被殺的殉道者，在藝術及文學作品中的形象多是雙臂遭到綑綁、被亂箭射死。

133. 聖安多尼（Antonio di Padova, 1195-1231），葡萄牙修士，十五歲加入聖奧斯丁會，二十五歲轉入方濟各會。一二三二年由教會封聖。

134. 奧迪隆（Odilon de Cluny, 962-1049），自九九四年至一〇四八年擔任克呂尼隱修院院長，在本篤會帶動克呂尼改革運動，反對教會與俗世活動過於緊密結合，流於腐敗，鼓吹恢復傳統修道生活。

135. 《魯奇歐或驢子》（Lucio o asino），是完成於西元前一至二世紀間的希臘情慾小說，據稱作者為希臘作家魯奇亞諾斯・薩莫薩特西斯（Lucianus Samosatensis, 120-192），但今日已證實為謬誤，該書作者不詳。

136. 金驢記（Metamorphoses，或譯變形記），作者普魯烏斯・阿普列尤斯（Lucius Apuleius, 124-489），古羅馬作家、哲學家。

137. 祭司王若望（Presbyter Johannes），又稱長老若望，是中世紀盛行於歐洲的傳說人物。據說在亞美尼亞、波斯、印度之間的東方世界裡有一個神秘國度，統治者是基督徒，身兼國王和祭司身分。《馬可波羅遊記》（1299）中亦記載有此一偉大君主，統治的領土自印度叢林至極北的冰原，韃靼人也臣服於他。據傳就連聖杯幾經輾轉後也出現在他的國度。

138. 緹克尼歐（Diconio Afro, 370-390），古羅馬多納圖斯教派神學家。

139. 多納圖斯教派（Donatism），西元四、五世紀在羅馬帝國非洲行省星期的基督教教派。起因為四世紀羅馬皇帝迫害基督徒時，許多神職人員為求保命而交出聖經以示屈服。待君士坦丁大帝停止迫害後，這些信徒想返回教會，遭到多納圖斯（Donatus Magnus, 270-355）為首的激烈派信徒反對，認為聖者的教會必須保持神聖純潔，有大罪者不得屬於教會，但未獲羅馬主教認同，因此另立一主教與其抗衡，與羅馬教會形成分裂。

140. 昆提利安（Marcus Fabius Quintilianus, 35-96），古羅馬雄辯家及修辭學家。

141. 塔西陀（Gaius Cornelius Tacitus, 55-117），羅馬帝國元老、執政官、雄辯家，也是歷史學家。著有《歷史》（Historiae, 105）、《編年史》（Annales, 115）等。

142. 皮索內（Gaius Calpurnius Piso; ?-65），羅馬帝國元老，帶頭密謀推翻暴君尼祿，事跡敗露後被迫自殺。

143. 西內修斯（Synesius, 370-413），古希臘哲學家、作家，曾任主教。亦創作聖歌。

144. 斯帕茲亞諾（Elio Sparziano），可能是古羅馬帝國晚期的作家，但生平不詳，真實性及真實身分待確認。其名出現在記錄西元一一七年至二八四年間羅馬帝國皇帝生平的合集《奧古斯都史》（Historia Augusta）中，被視為合集作者之一。

145. 奧索尼烏斯（Decimius Magnus Ausoniu, 310-395），古羅馬詩人、修辭學家。

146. 保利諾・達・諾拉（Paolino da Nola, 355-431），義大利樞機主教，天主教會封為聖人。

147. 柯雷門特・亞利桑德利歐（Clemente Alessandrino, 150-215），古希臘基督教神學家、哲學家、作家。深受妻子早逝打擊，入修道院隱居，後接受聖職。

148. 蘇皮丘・瑟維洛（Sulpicio Severo, 360-420），羅馬帝國基督教歷史學家。

149. 聖馬爾定（Sanctus Martinus Turonensis, 316-397），基督教聖人，傳說他曾割袍贈予化身為乞丐的耶穌。原為軍人，接觸基督教後受洗退出軍伍，隱修傳教。

150. 聖厄弗冷（Ephraem Syrus, 306-373），敘利亞基督教聖人，一九二〇年由教宗本篤十五世封為教會博士。

151. 西德貝・得・范當（Hildebert de Lavardin, 1056-1133），法國主教、詩人，積極推動教會改革，剷除異端。

152. 若望・索爾茲伯里（John of Salisbury, 1120-1180），英國哲學家、主教，也是重要的古典學者。師承亞伯拉德。

153. 亞伯拉德（Pierre Abélard, 1079-1142），法國神學家、經院哲學家，被認為是第一位概念論哲學家，認為「共相」（哲學領域中的普遍、一般性概念）一旦被接受，即便不再存在，也不會因此消失。他與少女艾綠綺思相戀結婚，但為顧及亞伯拉德前途對外否認，少女叔父憤而派人對亞伯拉德施以宮刑。

154. 故事見新約聖經〈瑪竇福音〉26：耶穌受難史。

155. 《傻瓜鏡》（Speculum Stultorum），中世紀諷刺詩集，諷刺修士的虛偽腐朽。作者是英國詩人、僧侶Nigel de Longchamps（人稱Wireker，十二世紀初），生平不詳。

156. 西爾維斯特二世（Silvestr II, 950-1003），九九九年四月就任教宗。

157. 斯塔提烏斯（Publius Papinius Statius, 45-96），古羅馬詩人，史詩作品多與古希臘神話有關。

158. 盧坎（Marcus Annaeus Lucanus, 39-65），古羅馬詩人。史詩作品《法沙利亞》（Pharsalia）描述凱薩和龐培的內戰。

159. 二次創造是指舊約聖經〈創世紀〉2:4前半句：「這是創造天地的來歷」，七日造物工程之後的天主創造，包括雨水、有靈的人、伊甸園等。

160. 蘇傑（Suger de Saint-Denis, 1081-1151），法國聖德尼修道院（Abbaye Saint-Denis）院長，十分受法王路易六世倚重，待路易七世繼位後，蘇傑的權勢達到最高點。其著名的貢獻在於一一二七年至一一四〇年期間，他將修道院教堂立面及兩側鐘塔拉高三倍，並在室內以尖拱和肋筋建造了圍繞後殿的半圓迴廊（déambulatoire），將光的來源提高，製造出聖潔神蹟氛圍。這種全新技術及風格被認為是哥德式建築之始，為十三、十四世紀歐洲所仿效。除著有專書頌揚法王路易六世外，也將他對聖德尼修道院管理上的改進、教堂內珍藏、新建建物的過程鉅細靡遺記錄下來，是中世紀頗具代表性的編年史書之一。

161. 聖安德肋（San Andrea），耶穌基督第一個門徒，也是十二宗徒之一。

162. 哥耳哥達（Golgota），耶路撒冷城外的一座山，又名髑髏，根據聖經記載，釘死耶穌的十字架上就立在這座山上。

163. 神秘詮釋是聖經詮釋方法之一，靠希望、末世思想及天國榮福圖像預示聖經中的意義。

164. 巴大尼派（Pataria），是十一世紀天主教米蘭總教區的宗教運動，旨在改革教會內人員及管理制度，反對聖職買賣、神父結婚納妾，以重振教會的道德紀律，但此一改革努力造成巨大撕裂，一度從宗教運動演變為軍事衝突，直到教宗額我略七世表態支持才告落幕。

165. 瓦登斯派（Waldensians），十二世紀興起的福音運動，源起於法國南部商人瓦登斯（Peter Waldez, ?-1179）因聽見吟遊詩人述說聖人捨己為人故事而感動，散盡家財分給窮人後開始巡迴宣教，其宗徒貧窮理念吸引諸多跟隨著，進而組成小團體。主張改革教會，簡化儀式，反對教會斂財，反對擁有私人財產。一一八四年該團體被貶為異端。

166. 加太利派（Catharism，或譯迦他利），該名源自希臘文Katharoi，意為「潔淨」。十二、十三世紀興起於西歐，以法國南部為主。非一神論（有善神及惡神），認為耶穌只是最高等的造物而非神，教廷並非天國的代表，反對神職人員擁有財物。教宗亞歷山大三世於一一七九年宣布為異端，一二〇九年教宗依諾森三世以武力鎮壓，歷時二十年，該派逐漸式微。

167. 亞納多・達・布雷夏（Arnaldo da Brescia, 1090-1155），義大利神學家、宗教改革家，理念與米蘭巴大尼改革運動相吻合，認為教會應放棄財富，回歸福音書宣揚的貧窮等。進而鼓吹建立羅馬為全新的政治中心，與教會切割，於一一四八年被逐出教會，後被判絞刑處死。

168. 凱薩里烏斯（Caesarius Heisterbacensis, 1180-1240），日耳曼隱修士、作家，曾任熙篤會修道院院長。著作以聖徒行傳類為主。

169. 羅特（Lot），舊約聖經〈創世紀〉中人物。所居索多瑪城被天主毀滅前，經天使營救住在一山洞中避難，女兒為免絕後，將父親灌醉後亂倫生下後代，分別是摩阿布人和阿孟子民的始祖。

170. 李普朗多神父（Liprando, ?-1113），義大利米蘭教區的神父，加入巴大尼改革運動，於一〇七五年四月在巴大尼派與米蘭主教發生衝突遭逐出米蘭時，李普朗多神父遭逮捕，被刨去耳朵鼻子，後因指控總主教買賣聖職而被處以火刑。

171. 吉伯林黨（Ghibellini），是義大利十二至十四世紀間的政治勢力，支持皇帝。當時另有圭爾佛黨（guelfi）支持教宗。

172. 塞卡雷利（Gherardo Segalelli, 1240-1300），義大利傳道者，因異端罪名被燒死。曾要求加入方濟各會被拒，遂模仿聖方濟各粗衣裝扮托缽傳教，拒絕擁有財物，效仿基督生活，跟隨他的信眾與日俱增，自稱為宗徒團。因主張人與天主可直接接觸，形同否決了教廷做為人與天主之間聯繫的存在必要性，自一二七二年開始屢受教廷斥責，一二九四年第一次被捕但逃亡，一三〇〇年二度被捕，接受宗教審判後判處火刑。此一信仰的繼任者為多奇諾。

173. 貝濟耶（Béziers），今法國南部城鎮。

174. 十二世紀認為迷宮反映的是世界的負面意義，義大利北部Piacenza主教堂迷宮馬賽克作品旁有此描述：「迷宮清楚呈現世界樣貌/想進去的人覺得寬敞，想出來的人覺得狹窄/如此被世界之物牽絆，被惡習之重拖累/人人只能勉力回歸人生教義。」

175. 君士坦丁贈與（Constitutum Constantini）是九世紀流傳的一份偽文獻，根據該文獻，君士坦丁大帝於三一五年三月三十日頒布詔書，將五大天主教教堂（羅馬、君士坦丁堡、埃及亞歷山大城、耶路撒冷及安提阿）和全世界所有教士的管轄權讓與教宗西爾維斯特一世（Silvestro I）及之後的繼承人，並承認教廷權力高於帝國之上。

176. 北亞托・德・列瓦納（Beato di Liébana, 730-798），西班牙僧侶，編著《默示錄評註》（Commentarium in Apocalypsin, 776），分別於七八四、七八六年各修訂一次，大量收錄天主教教父如聖奧古斯丁（Augustine）、聖安波羅修（Ambrosius）等論述，內容龐雜。西元九世紀之十三世紀期間，因西班牙納瓦拉（Navarra）、卡斯提亞（Castilla）及萊昂（León）等地修道院僧侶為該書增繪泥金裝飾畫而聲名大噪，從此炙手可熱。

177. 見舊約聖經〈達尼爾〉第五章。描述貝耳沙匝王擺設宴席時，將他從耶路撒冷天主殿宇聖所內劫來的器皿拿來與大臣、妻妾飲酒，褻瀆聖器。此時突然出現一個人的怪手在王宮牆上寫字，他找來智者達尼爾解釋，得知牆上的字「默乃，特刻耳，培勒斯」的含意是天主為懲罰他自高自大，決定結束他的國祚，將他的國分給其他人，當夜貝耳沙匝王便為人所殺。

178. 賓・瓦西亞（Ibn Wahshiyya，全名Abu Bakr Ahmed ibn 'Ali ibn Qays al-Wahshiyah al-Kasdani al-Qusayni al-Nabati al-Sufi，九至十世紀），阿拉伯作家、煉金術師、古埃及文物學家及歷史學家。

179. 海什木（Alhazen，全名Abū ʿAlī al- Ḥasan ibn al- Ḥasan ibn al-Haytham，或譯海桑、哈金，九六五年-一〇三九年）。阿拉伯物理學家、數學家、天文學家，在光學方面研究有突出成就。

180. 阿德拉德（Adelard of Bath, 1116-1142），英國數學家、天文學家。是最早將阿拉伯文獻譯為拉丁文的著名翻譯家。

181. 以薩・哈利（Isa ibn Ali，或Jesus Halì，西元十至十一世紀），阿拉伯醫學學者，專門研究眼睛。著作《論視力》（De oculis）對中世紀哲學家的醫學認識有重要影響。

182. 肯迪（al Kindi, 801-873），阿拉伯音樂學家、哲學家、天文物理學家。

183. 莫扎勒布（Mozárabo），指西元八到十五世紀回教徒治下伊比利半島上的基督徒。

184. 出自新約聖經〈默示錄〉第十二章。披著太陽的女人是指聖母瑪利亞，龍則是古蛇撒旦的化身。

185. 教堂學校是西元十一、十二世紀歐洲許多城市的教學機構，由宗教人士管理，通常設在教區教堂內，故得其名。原本設立宗旨是培育未來神父，但逐漸開放給俗世學生，可說是大學創立前的重要學習場域。主要教授課程包括算數、幾何、天文、音樂、拉丁文、修辭學、辯證法。

186. 屈辱派（Umiliati），西元十二至十六世紀間在義大利北部隆巴第一帶興起的宗教團體，主要成員為貴族，因對國家不忠，遭皇帝亨利五世發配到阿爾卑斯山區充軍，在此懊悔思過，形成以補贖為目的的宗教團體，著灰色長袍，專事服務貧病。歸鄉後則開始宣道，但未受神職人員訓練，教廷原視為異端下令解散，後經教宗伊諾森三世（Innocenzo III, 1161-1216）准許，僅限於做倫理勸戒，不再談論教義。

187. 歐洲封建社會時期，教會向教徒徵收的宗教捐，要將所得的十分之一捐出。

188. 阿德瑪洛（Aldemaro di Capua, 985-1070），本篤會修道院院長，在義大利中南部創建多間隱修院。天主教會封為聖人。

189. 阿基魯佛（Agilulfo, ?- 616），西元五九一至六一六年間義大利國王。

190. 品佐克羅派（pinzochero），是貝格派在義大利的名稱。

191. 威廉雅派（Guglielmiti）。十三世紀神秘主義者威廉雅・拉・波西米亞（Guglielma la Boema, 1210-1281）據稱是波西米亞國王之女，一二六〇年定居義大利米蘭，因行醫聞名，吸引眾多信徒而形成一種宗教運動，稱之為威廉雅派。她過世後，信眾自行為她設置聖壇，稱她為聖人，宗教裁判所斥其為異端。

192. 伊索爾德是流傳於中世紀傳奇故事的女主角。她原是愛爾蘭王國公主，應下嫁瑪爾谷國王，卻在前往未來夫婿王國途中與護送她的崔斯坦爵士相戀。

193. 紀伯納（Bernard Gui, 1261-1331），法國多明我會修士，知名宗教裁判官，編寫史稱宗教裁判指南的《對邪惡異端進行宗教裁判之實務》（Practica Inquisitionis Heretice Pravitatis），全書分為五個部分，列出十四世紀初的異端名單，並建議宗教裁判官如何審問特定團體成員。該書對宗教裁判官的特質及任務有詳盡說明，是後世研究宗教裁判所的重要文獻。曾長期佚失，於一八八六年於法國土魯斯（Toulouse）完整出版。

194. 伯唐・德・普哲（Bertrand du Pouget, 1280-1352），法國天主教樞機主教，因教廷遷往法國後，宗座在義大利勢力單薄，故教宗若望任命普哲赴義大利出任教宗代理人，負責鞏固政治及軍事實力。

195. 馬里古特（Pierre Pelerin de Maricout），十三世紀法國學者，多次做磁石實驗，是論述磁石特性的第一人。

196. 天球為天文學上假想的地球同心圓，有相同自傳軸，半徑無限大。子午線是通過天球北、南與天頂的大圓，與天球地平線與天球赤道垂直。

197. 阿里阿德涅是希臘神話中克里特國王之女，愛上自告奮勇殺死迷宮怪物米諾陶洛斯的雅典青年忒修斯，給他一個線團標記路線，協助他逃出迷宮。

198. 伊本・魯世德（Averroè, 1126-1198），中世紀伊斯蘭哲學家、醫生、數學家。

199. 見聖經〈創世紀〉4:9。描述亞當之子間兄弟相殘的暴行，以其命運敘述人類救贖歷史。

200. 前兩者為後世為朝聖東方三博士所取的名字。

201. 帕爾瑪（Parma），義大利中北部城市。

202. 額我略十世（Gregorio X, 1210-1276），一二七一年九月出任教宗。

203. 見新約聖經〈迦拉達書〉第二章。

204. 薩里貝內（Salimbene de Adam da Parma, 1221-1288），義大利宗教學家、歷史學家，方濟各會修士，追隨若亞敬教義，著有《編年史》（Cronache），詳細記載了一一六八年至一二八七年間義大利宗教及政治史紀事。

205. 傑拉多·達·勃格·桑多尼諾（Gerardo da Borgo San Donnio, ?-1276），方濟各會修士，追隨若亞敬教義，為若亞敬著作做評註，稱其為「永世福音書」。

206. 多明我修會（拉丁文為Ordo Dominicanorum，亦譯道明會），是天主教四大托缽修會之一，修士均披黑色斗篷，亦稱黑衣修士。一二一五年由西班牙人多明我·德·古斯曼（Domingo de Guzman, 1170-1221）創立

207. 路易四世一三二八年違反傳統，不是從教宗手中接受神聖羅馬帝國皇帝冠冕，而是由羅馬貴族協助完成加冕儀式。同年冊立尼各老五世為敵對教宗，與亞維儂的教廷和若望二十二世抗衡。

208. 薩伏伊（Savoia），法國東南部和義大利西北部地區，自十一世紀起便是神聖羅馬帝國的一部分。

209. 巴比倫淫婦，見〈默示錄〉第十七章。隱喻羅馬因敬拜邪神（淫亂）終將

滅亡。

210. 「超性」（the supernatural），為超越本性之意，是指除了屬世的生活之外，關於宗教信仰方面的生活。而「超性」要表達的內容還包含有三個因素，亦即天主自我給予的「恩惠性」、「自由性」以及「內在性」。

211. 《多奇諾弟兄異端史》（Historia fratris Dulcini heresiarche），紀伯納著，一三一六年出版。

212. 神聖週六（Sabbatum Sanctum），是基督教禮儀復活節前四旬齋最後一週的週六，是耶穌受難日第二天，復活節前一天，通常教徒會在這一天守夜。

213. 聖巴爾多祿茂（San Bartolomeo，?—一世紀），耶穌十二宗徒之一。耶穌升天後，據說他在亞美尼亞傳道時被釘在十字架上殉道。

214. 聖赫德嘉（Hildegard von Bingen, 1098-1179），德國神學家、哲學家、博物學家和作家，為宣揚福音而創作許多樂曲，天主教教會封為聖人。年輕時即有神視經驗，受先知啟示要她記錄所見，但她始終拒絕接受書寫的召喚，一度對心靈造成負擔，甚至臥病不起。記載神視內容的著作有《認識主道》（Scivias）、《生之功德書》（Liber vitae meritorum）、《神之功業書》（Liber divinorum operum），以女性觀點描述性的歡愉，卻也強調守貞是最崇高的靈性生活。

215. 圖勒（Thule），古代歐洲傳說中位於世界極北的一座島嶼，最早出現在古希臘探險家畢提亞斯（Pytheas，西元前四世紀）的記載中。

216. 米迦勒（Arcangelo Michele），聖經中的天使長，伊甸園守護者。

217. 赫斯朋城（Hesebon），古以色列約旦河畔古城。

218. 此為亞里斯多德的三段論式，共分為三格十四個，其中第一格之第三的三段論推理為：所有M是P，有些S是M，因此有些S是P。

219. 全稱是指某一類事物的全部、集體。

220. 蒲示耳為古代容量單位，一蒲示耳等於三十六點四公升。

221. 洪培德・羅曼斯（Humbert de Romans, 1200-1277）法國宗教家，多明我會第五任總會長。

222. 此指保祿在〈格林多前書〉中說格林多教會內黨派紛爭，各地信徒亦各擁其主，將導致教會分裂。

223. 《神聖之名》（Nomi Divini），主張不可能以感知方式認識靈學，亦不可能認識天主。今日研究結果認為是西元五世紀的偽書。

224. 加拉曼特王是希臘神話中阿波羅之子，克里特國王。

225. 伊阿宋是希臘神話中奪取金羊毛的英雄人物，未取得金羊毛與梅迪亞結婚，卻拋棄妻子而遭詛咒喪命。

226. 利西馬科斯王（Lisimaco, 360-281BC），小亞細亞國王。

227. 卡龐特拉（Carpentras），位於法國普羅旺斯省，克勉五世於一三一三年將教廷由羅馬遷往法國時，設址於此。之後若望二十二世遷往亞維儂。

228. 額我略七世（Gregorio VII, 1020-1085），自一〇七三年在位。主張教宗比國王和皇帝地位更崇高，因為受神聖恩寵眷顧，是所有國度的主人，因此可以管理所有國王及貴族。

229. 傳統神學視教會為救恩的寶庫，此寶庫中包括基督和聖人的善行與功德。教會將寶藏分施給信徒和亡者靈魂，以免除他們全部或局部的處罰，借此表達天主無限的慈悲。

230. 頓呼法（apostrophe），是一種比喻方式，對不在場的第三者或無生命的事物發出呼喚的一種修辭手段。

231. 理智（intellect），此指心靈的基本官能，能看透思想、實體內在真相的能力。

232. 比德（Bede, 672-735），英國盎格魯撒克遜時期編年史家、神學家，本篤會修士。享有「可敬的比德」（Beda Venerabilis）尊號，亦被尊為英國史學之父。

233. 狄奧尼修斯・伊希格斯之圈，乃指神學家狄奧尼修斯（Dionysius Exiguus, 470-544，俗稱小狄奧尼修斯）根據天體繞行時間推算耶穌誕生年為羅馬建國後七五四年，並於西元五二五年建議將該年訂為西元元年，以取代當時羅馬教廷採用的曆法。但後世歷史學家發現此計算有誤，今日咸認為耶穌誕生於西元前七至前四年的說法最為可靠。

234. 普立夏諾（Prisciano di Cesarea，西元五至六世紀），拉丁語法學家，著有《語法教育》（Institutiones grammaticae）共十八卷。

235. 諾拉圖斯（Servius Marius Honoratus，西元五世紀），拉丁語法學家、羅馬史學家、哲學家。主要著作為維吉爾詩作評註。

236. 多納圖斯（Aelius Donatus，西元四世紀），拉丁語法學家、修辭學家，著有《大藝》（Ars Maior）、《小藝》（Ars minor）等書。

237. 馬克西穆斯（Maximus confessore, 580-662），羅馬神學家，因支持耶穌神人二性（二志論），反對神性一志論而被逮捕並判定為異端，遭流放時死亡。

238. 維托利努斯（Gaius Marius Victorinus，西元四世紀），羅馬修辭學家、哲學家、神學家。著有《文法的藝術》（Ars grammatica）、《西塞羅修辭學詮釋》（Explanationes in Ciceronis Rhetoricam）等書。

239. 艾烏提克（Eutiche, 378-454）羅馬神學家、僧侶，普立夏諾的弟子，主張耶穌僅有神性，而非神人二性。

240. 佛卡司（Phocas，西元五世紀），拉丁語法學家，著有《名詞與動詞的藝術》（Ars de nomine et verbo）等書。

241. 亞斯珀（Aemilius Asper，西元二世紀），拉丁語法學家、文學評論家，有人認為《維吉爾文法釋疑》（Quaestiones Vergilianae grammaticae）為他所著，現已佚失。

242. 《愛爾蘭名言錄》（Hisperica Famina）。Hisperica是愛爾蘭、大西洋亞速群島或加那利群島的合稱；Famina指不受格律約束的自由詩。此書共十四篇六百一十二首詩，作者不詳，但咸認為是西元六、七世紀愛爾蘭之作。因韻腳不規則，與其說是詩，不如說是諧音散文詩。語言則夾雜了中世紀拉丁語、凱爾特語、閃米特語和新詞。

243. 聖亞浩（San Aldhelm di Malmesbury, 639-709），盎格魯撒克遜時期曾任修道院院長及主教。

244.《農事詩》（Georgiche）是奧古斯都時期古羅馬詩人維吉爾（Publius Vergilius Maro, 70-19BC）的第二部作品，共四卷，描述農耕、畜牧、養蜂、植樹之事。

245. 維吉爾・迪・土魯斯（Virgilio di Tolosa，西元六世紀），原為高盧人，為逃避西哥德人迫害而遁居愛爾蘭。著有多部語法書，但僅有十五卷《綱要》（Epitomae）流傳後世。

246.. 呼格（vocative）是名詞的格，用以稱呼人或物。拉丁文的呼格相等於主格。

247. 基督徒是「因父及子及聖神之名」而受洗。見瑪竇福音28:19。

248. 聖布倫丹（San Brendano, 484-577），又名「航海者」，愛爾蘭僧侶。其傳奇故事被寫成《布倫丹遊記》（Navigatio sancti Brendani），自十世紀起廣為流傳，作者不詳，是中世紀旅遊文學和聖徒傳記的代表作品。

249. 阿斯圖利亞斯王國（Reino de Asturias），是西哥德王國瓦解後，以伊比利半島阿斯圖利亞斯山為根據地所建立的古老基督教王國，建國於七〇八年，亡於八四二年。

250. 馬吉烏斯（Magius）和法昆杜烏斯（Facundus）都是古西班牙十、十一世紀以精細泥金裝飾畫聞名、被稱為Beatus手稿的重要裝飾畫家，生平不詳。Beatus收有〈默示錄〉及北亞托・德・列瓦納編著的《默示錄評註》，是當時與伊斯蘭對抗的重要精神食糧。

251. 伊本・西那（Ibn Sīnā，拉丁文名為Avicenna阿維森納，九八〇年至一〇三七年），波斯醫學家、哲學家、數學家及物理學家。

252. 阿猶比・魯哈維（Ayyub al Ruhawi，另名Job of Edessa，七六〇年至八三五年），敘利亞作家、翻譯家。

253. 超德，即超性的德行，是聖經中三項美德信、望、愛，也是基督教的基本教義。

254. 佛洛盧烏斯（Publius Annius Florus, 75-145），原籍非洲的古羅馬詩人、歷史學家。

255. 佛隆托（Marcus Comelius Fronto, 100-170），原籍非洲的古羅馬作家、雄辯家，曾擔任敘利亞作家、翻譯家。

256. 卡培拉（Martianus Mineus Felix Capella，西元四、五世紀），原籍非洲的古羅馬作家。

257. 傅哲提烏斯（Fabius Planciades Fulgentius，西元五、六世紀），原籍非洲的古羅馬作家。

258. 舉隅法（sineddoche），以局部說明全體的一種語法。

259. 伊本・哈茲姆（Ibn Hazm, 994-1064），伊斯蘭哲學家、心理學家、歷史學家，有四百多本著作，僅有四十多部流傳至今。

260. 巴西里歐・達卡拉（Basilio d'Ancira，西元四世紀），曾任安卡拉主教，在耶穌是否具有神性的三位一體爭議中主張父子本質相近論。

261. 拉齊（Abu Bakr-Muhammad Ibn Zaka-riyya ar-Razi, 865-925），波斯醫生、煉金術士、哲學家，博學多才，著有兩百多部作品。

262. 蓋倫（Galeno di Pergamo, 129-216），古希臘醫學家、哲學家，曾進行動物活體解剖，對後世歐洲影響甚鉅。

263. Arnaldo de Vilanova（1238-1311），加泰隆尼亞醫生、煉金術士，在十四世紀歐洲頗有影響力，曾為亞拉岡王朝、教皇和西西里國王效力。

264. 史蒂芬・迪・波旁（Stephani de Borbone, 1180-1261），法國宗教學家，多明我修會的宗教裁判長。著有《論宣道主題》（Tractatus de diversis materiis predicabilibus）。

265. 紀庸・德奧佛涅（Guillaume d'Auvergne, 1190-1249），法國神學家，一二二八年至一二四九年間擔任巴黎教區主教。

266. 雅克·福尼爾（Jacques Fournier, 1280-1342），自一三三四年十二月就任教宗，是為本篤十二世，是亞維儂教廷的第三任教宗。

267. 伯納·德律西（Bernard Délicieux, 1265-1320），法國方濟各會修士，公開反對宗教裁判庭，被判終生監禁。

268. 維也納大公會議自一三一一年十月十六日開始，至一三一二年五月六日結束，故前文提及此大公會議時亦稱日期為一三一一年。當時在位教宗為克勉五世。

269. 〈播種者出去〉（Exiit qui seminat），一二七九年八月十四日尼各老三世（Niccolò III, 1216-1280）以此訓諭確認方濟各會修士所有財產皆屬於教會，由教會管理，修士僅為使用者。

270. 薩拉森人（Saraceni），廣義指中古時代所有阿拉伯人，今天敘利亞到沙烏地阿拉伯之間的沙漠游牧民族。十字軍東征後，歐洲人咸以「薩拉森」稱呼亞洲及北非的穆斯林。

271. 伯達尼（Betania），以色列古地名，據聖經描述，伯達尼位於橄欖山東麓，是約旦河西的小村落，離耶路撒冷約六里遠。耶穌在耶路撒冷屢遭冷漠對待，在伯達尼卻備受歡迎。

272. 厄哈特（Meister Eckhart, 1269-1327），日耳曼神學家、哲學家、神秘主義學家，多明我會修士，認為人的內心深處（他稱之為「靈魂堡壘」）已有主存在，唯有默觀的生活，摒棄世間榮華富貴和功名利祿，才能回歸心中與主交往。若望二十二世將他列為異端。

273. 神律，指神在人的本性及自然界中所命定的制度與秩序。

274. 以基督信仰而言，公民指天主聖城中的國民，是天主及聖徒的家人。

275. 〈神聖的羅馬教會〉（Sancta Romana），一三一七年底若望二十二世以此訓諭公開斥責小弟兄修會，但並未宣布該修會為異端。

276. 非拉德非亞教會是聖經〈默示錄〉中象徵全教會的小亞細亞省七個教會之一。當時小亞細亞省外受敵人迫害，內受邪說威脅，信徒處境惡劣。天使降臨是指基督的光榮顯現和最後勝利的來臨。

277. 教宗西爾維斯特一世（Silvestro I, ?-335），自三一四年一月三十一日起在位。

278. 法蘭契斯科・達斯科里（Francesco d'Ascoli, 1269-1327），義大利詩人、哲學家、天文學家。遭宗教法庭判處火刑。

279. 見聖經〈創世紀〉第三十八章。猶大二子敖難不願依習俗與嫂嫂他瑪親近，生下後嗣，在結合時將精液遺洩於地，遭天主所厭惡而死。

280. 窄門是指守誡命，背著十字架的生活。

281. 見聖經〈列王紀下〉第四章。

282. 雅各・福尼爾（Jacques Fournier, 1280-1342），繼若望二十二世之後，於一三三四年十二月接任教宗，是為本篤十二世，亞維儂教廷第三位教宗。

283. 〈諸王入座〉（Sederunt principes）是法國巴黎聖母院學派作曲家裴羅汀（Pérotin, 1160-1230）於一一九九年完成的經文歌。

284. 紐碼（neuma），約於西元九世紀開始使用的紐姆記譜法的符號，僅能表示歌詞各音節大概的長度和抑揚，無法完全記錄旋律。當時聖歌旋律以口授方式流傳，紐碼乃用來增強記憶。

285. 亞吉羅・達・克呂尼（Algero da Cluny, 1060-1132），法國克呂尼修會僧侶，以慈悲睿智聞名，著有《列日教會史》（Histoire de l'Église de Liège）、《論慈愛與正義》（Tractatus de misericordia et justitia）等。

286. 聖安娜，福音書中未提及，咸認為是聖母瑪利亞的母親。

287. 聖道博（Adalbert of Praque, 957 - 997），曾任布拉格主教，赴普魯士傳教時殉道。

288. 聖斯德望（Santo Stefano, ?-36），基督教會第一位殉道基督徒。

289. 聖維塔雷（San Vitale, ?-304），殉道基督徒。

290. 聖亞朋（San Alban, ?-406），希臘傳教士，傳教途中遭異端分子襲擊身亡。

291. 嗎哪，是聖經〈出谷紀〉第十六章中以色列人離開埃及後，在曠野中生活長達四十年期間上主賜給他們的食物，像「胡荽的種子那樣白，滋味好似蜜餅」。

292. 皮佩諾（Reginaldo di Piperno），義大利神學家，多明我會修士，是阿奎那的好友。阿奎那未完成的《神學大全》第三部分補遺便由皮佩諾執筆。

293. 聖熱羅尼莫（San Girolamo, 347-419或420），聖經學者，也是西方教會中最博學的教父，是將聖經由希伯來文正式翻譯為拉丁文的第一人，該版本俗稱《拉丁文通行譯本》（Vulgate）。

294. 盧德（Ruth），聖經〈盧德傳〉主角，乃賢德的外邦女子，丈夫死後仍照顧婆婆並堅信丈夫的宗教。改嫁後育有子嗣，為大衛王曾祖母。

295. 撒辣伊（Sarah），聖經〈創世紀〉中亞伯拉罕的妻子。

296. 蘇撒納（Susanna），聖經〈達尼爾書〉第十三章遭人汙衊清譽的女子，因堅信天主，獲達尼爾申冤而得救。

297. 多俾亞（Tobia），聖經〈多俾亞傳〉，敘述恪守法律的多俾亞因行善不幸失明，仍不減篤信天主的心，後經天主解救，重見天日。

298. 拉匝祿（Lazzaro），聖經〈若望福音〉第十一章，耶穌讓已死的拉匝祿復活，是他在世時所顯最大奇蹟。

299. 撒該（Zaccheo），聖經〈路加福音〉第十九章，撒該為耶里哥城稅吏長，被耶穌感化。

300. 辣哈布（Raab），聖經〈若蘇厄書〉第二章，辣哈布原為耶里哥城的妓女，因藏匿希伯來密探，後來城被攻破時受到保護，日後從良。

301. 德克拉（Tecla），早期基督教聖人，相傳為宗徒保祿的女門徒，發守貞誓願，羅馬決定判處死刑，卻因數次奇蹟逃過一劫。

302. 友弟德（Giuditta），聖經〈友弟德傳〉，敘述猶太女英雄友弟德面臨圍城困境，勉勵居民要仰賴天主，同時自己深入敵營智取敵軍司令敖羅斐乃的首級，被稱為「耶路撒冷的榮耀」。

303. 哈加爾（Agar），聖經〈創世紀〉中亞伯拉罕妻子撒辣伊的女僕，給亞伯拉罕做妾，生下長子以實瑪利。

304. 阿納尼雅（Ananaia），聖經〈宗徒大事錄〉第九章眾虔誠信徒，受主所託以手覆眼，治好了掃落的眼盲。

305. 亞倫（Aronne），聖經〈出谷紀〉中摩西的兄長，代表摩西與埃及法老溝通，以色列人出走時，他也與摩西為伴。

306. 西默盎（Simeone），聖經〈路加福音〉第二章中的義人，曾蒙聖神啟示，除非見到上主傳人否則不見死亡，在聖殿抱了嬰孩耶穌，並給予耶穌父母祝福。

307. 押沙龍（Assalonne），大衛王的第三個兒子，以色列國王。

308. 閃（Sem），聖經〈創世紀〉中諾亞的兒子，是所有希伯來人的祖先。

309. 安提約古（Antioco），聖經〈瑪加伯〉中德默特琉王的兒子，歷史上的安條克七世。

310. 斑蝥亦稱芫菁，坊間或稱西班牙蒼蠅。可做為春藥。

311. 比拉多（Pilato），聖經〈瑪竇福音〉第二十七章，原本想釋放耶穌的總督比拉多不得民意支持，便拿水洗手說：「對這義人的血，我是無罪的，你們自己負責吧！」

312. 尼默洛得（Pilato），聖經〈創世紀〉第十章中強悍善戰、但不認識智慧之道的上古巨人，稱他為「世上第一個強人」。

313. 則加黎雅（Zaccaria），聖經〈列王紀〉下第十四章，以色列諸王之一。

314. 朗基努斯（Longino），傳說中耶穌受十字架刑後，一名羅馬士兵以長矛戳刺耶穌側腹後見證了奇蹟，聖經中並未記載其名，福音書僅描述此人稱耶穌「真是天主之子」，之後成為基督教徒。此名出自偽典〈比拉多福音〉。

315. 尼布甲尼撒（Nabucodonosor, 605-562BC），巴比倫王國國王。

316. 《居普良的晚宴》（Coena Cypriani），咸認為是教會拉丁教父聖居普良（Thaschus Caecilius Cyprianus, 210-258）所著，以戲謔方式呈現聖經人物的經歷。

317. 禿頭查理（Charles le Chauve, 823-877），法國國王，八七五年由若望八世加冕為羅馬帝國皇帝。

318. 阿特米多魯斯（Artemidous，西元前二世紀），古希臘占卜家及解夢家。

319. 法布里亞諾（Fabriano），義大利中部安科納縣（Ancona）小鎮。

320. 此法乃指天主給予人類倫理規範的教誨。依照舊約，全部的法出自摩西，而天主則藉由先知肯定法的權威。

321. 實際上是十四萬四千人。見聖經〈默示錄〉第七章「以色列子孫各支派中蓋了印的，共有十四萬四千」，第十四章「除了那些從地上贖回來的十四萬四千人外，誰也不能學會那歌」。

322. 新耶路撒冷聖城，見聖經〈默示錄〉第二十一章，天主為消滅被罪惡汙染的天地，另外創造了新天新地，以安置新耶路撒冷。新耶路撒冷為天主和義人居住之所。

323. 「物質命題……關於話語……關於物」（Proposizione materiale ... a proposito della parola... a proposito della cosa），語出哲學家奧卡姆．威廉。

324. 呂庫古（Lycurgus, 700-630BC），古希臘政治人物，據說斯巴達政治改革、教育制度及軍事訓練皆出自他之手。

325. 此處有獅（hic sunt leones），書寫在古老地圖上人跡未至地區的句子。既然無人前往，表示該處危險，恐有獅子出沒。引申為所有未知或不應被論述的禁忌議題。

326. 法拉里斯（Falaride, ?-554BC），希臘暴君，命人打造青銅牛，將敵人關在牛腹中活活烤死。

327. 必然之存有，在基督教哲學中天主是最高存有者，所有生命都依靠他而存在。並認為在全能的天主面前，除了邏輯、存有方面自相矛盾的概念外，一切都是可能存在的。

328. 見聖經〈列王紀〉上第十九章。意指天主顯現的目的若不同，則顯現的光景亦不同。

329.「拿起來，閱讀吧」（tolle et lege）語出聖奧古斯丁《懺悔錄》。聖人描述聽到一少年不斷重複此句，他便拿起聖經隨意翻開，看到〈羅馬書〉第十三章：「行動要端莊，好像在白天一樣，不可狂宴豪飲，不可淫亂放蕩，不可爭鬥嫉妒；但該穿上主耶穌基督；不應只掛念肉性的事，以滿足私慾」，之後便放棄俗世生活，全心投入宗教。

國家圖書館出版品預行編目資料

玫瑰的名字(註解本)/ 安伯托．艾可作；倪安宇譯.
-- 初版. -- 臺北市：皇冠，2014.3
面；公分. --(皇冠叢書；第4369種)(CLASSIC;086)
譯自：IL NOME DELLA ROSA
ISBN 978-957-33-3060-8(平裝)

877.57　　103002241

皇冠叢書第4369種
CLASSIC 086

玫瑰的名字【註解本】

IL NOME DELLA ROSA

作　　者—安伯托．艾可
譯　　者—倪安宇
發 行 人—平雲
出版發行—皇冠文化出版有限公司
台北市敦化北路120巷50號
電話◎02-27168888
郵撥帳號◎15261516號
皇冠出版社(香港)有限公司
香港銅鑼灣道180號百樂商業中心
19字樓1903室
電話◎2529-1778　傳真◎2527-0904
總 編 輯—許婷婷
責任編輯—蔡維鋼
美術設計—王瓊瑤
著作完成日期—2012年
初版一刷日期—2014年3月
初版十刷日期—2022年12月
法律顧問—王惠光律師

讀者服務傳真專線◎02-27150507
電腦編號◎044086
ISBN◎978-957-33-3060-8
Printed in Taiwan
【新譯本】與【註解本】不分售．定價◎新台幣499元/港幣166元